01

보성에서 산청으로

2018년 1월 3일 수요일 아침 8시. 용산 우체국 앞에는 12인승 은색 스타렉스가 서 있었다. 이 차는 전국 농민회총연맹(이하 전농)에서 부리는 자동차다. 스피커 달면 시위용 선도 차량이고, 짐 실으면 용달차다. 이름을 '은마'라고 지어주긴 했지만 여기저기 긁힌 흔적이 성깔 있어 보인다. 주로 누비는 곳이 시위 현장이거나 흙먼지 날아드는 농촌이니, 외양이 깔끔해봐야 어울리지 않을 것 같긴 하다. 차에 올라타면 어느 날은 쌀이 실려 있고, 또 어느 날은 고구마나 감자가 실려 있다. 이날은 과일이 실려 있었다. 보낼 것이 농산물뿐인 농민 회원들이 종종 제철 농산물을 올려 보내, 이걸 싣고 다니면서 먹기도 하고 배달도 한다. 그리고 한동안은 '백남기 농민 투쟁 기록단'도 실어 날랐다. 우편집중국인 용산우체국의 엽서처럼, 우리도 이제 여기저기로 흘러 다닐 참이었다.

눈물의 타이밍

이날은 '백남기 농민 투쟁 기록단'이 꾸려진 후 처음으로 기록 출정에 오르는 날이기도 했다. 투쟁 기록단이 먼저 찾아간 곳은 산 청이었다. 전남 보성 부춘마을에서 백남기의 아내 박경숙과 합류 해 경남 산청으로 향했다. 박경숙과 함께 지리산 자락의 경남 산 청으로 향한 이유는, 전국농민회총연맹 산하 산청군농민회의 양 기관 부회장과 혜화동 농성장을 가장 오랫동안 지켰던 젊은 농민 이종혁을 만나기 위해서였다. 이들은 생전에 백남기 농민을 만난 적도 없었고, 당연히 박경숙과도 일면식이 없다. 그저 2015년 11 월 14일 백남기 농민이 물대포를 맞고 쓰러진 민중총궐기대회 현 장에 함께 있었던 수많은 사람 중 한 명이었다.

백남기 농민 투쟁에 많은 이가 함께했다. 또 백남기 농민이 숨 을 거둔 뒤에는 전국에 150여 개의 분향소가 차려졌다. 그중 80여 개의 분향소가 농민회 주도로 만들어지고 운영되었다. 그 가운데 분향소 천막 한 동 유지하기도 쉽지 않았을 작은 고장, 경남의 산 청군농민회를 찾아간 이유가 있다.

이곳은 농민운동의 역사가 길고 또 이에 대한 기억을 통해 활동 의 동력을 계속 만들어낼 수 있는 곳이 아니다. 농민운동 취약지 역이고 험지다. 이곳에서 백남기는 어떤 의미였을까 궁금했다. 무 엇보다, 얼굴도 모르는 우리 가족 때문에 고생한 시민들에게 송구 하고 고맙다는 말을 입에서 내려놓지 못하는 박경숙과 이 산골의 두 농민을 만나게 하고 싶었다. 당신의 남편이자 전라도의 농민

한 사람을 지키고 싶어했던 마음이 이곳 경상도 지리산 골짜기에도 있었다는 사실이 작은 위로가 되지 않을까 싶어서였다. 그리고 이 작은 고장에서도 백남기 농민을 추모하고 새 세상에 대한 염원을 키우고 있다는 것을 서로 확인하고 기록한다면, 이것이야말로 백남기 농민이 뿌린 씨앗일 테니 말이다.

전남 보성에서 경남 산청으로 넘어가는 길에 진주 남강길을 지났다. '진주난봉가'를 아시는지 박경숙에게 물었다. 역시 잘 아는 노래라 하였다. 1980~90년대 대학생들이 농촌활동을 가서 많이 부르던 민요이고, 부춘마을에도 대학생들이 농촌활동을 하러 들어오곤 했다. 농학연대라 하여 대학생이라면 농촌활동을 가는 것이 당연하던 시절이 있었다. 대학생 농활대가 마을에 들어오면 학생 농활대를 지도하고 마을 생활을 안내하는 이를 '마을 주체'라 했고, 주로 농민회 회원들이나 마을의 이장이 맡곤 했다. 그 역할을 부춘마을에서는 백남기 내외가 주로 맡았다. 백남기 농민이 서울대병원 중환자실에 있을 때, 서울대병원 의사들 몇이 부춘마을에 농활 하러 갔던 학생이었다며 인사를 하러 내려왔다.

울도 담도 없는 집에서 시집살이 삼 년 만에,
시어머니 하시는 말씀, 얘야 아가 며늘아가.
진주 낭군 오시었으니 사랑방에 빨래가라.
(…)
사랑방에 나가보니 온갖 가지 안주에다
기생첩을 옆에 끼고서 권주가를 부르더라.

이것을 본 며늘아가 아랫방에 뛰어나와

아홉 가지 약을 먹고서 목매달아 죽었더라.

느린 굿거리장단의 사설민요인 '진주난봉가'는 조강지처를 버리고 난봉꾼으로 살던 한 남자가 '아홉 가지 약을 먹고서 목매달아 죽어버린' 조강지처에 대한 미안함과 후회를 담은 민요다. 스마트폰으로 가사를 보면서 이 노래를 부르다가, 고된 시집살이와 남편에 대한 원망이 얼마나 컸으면 아홉 가지 약을 섞어 먹고 죽었을까, 이런 흰소리를 섞어가며 수다를 떨었다. 이 노래에 사연을 덧붙이며 "우리 할아버지가 여자친구가 많아서 할머니 속을 엄청 썩이셨대요"라고 웃자는 말을 건넸다.

"그 양반은 절대, 절대 다른 곳에 눈을 두지 않았어요. 도덕 점수만큼은 100점 만점에 200점이지. 경제 점수는 빵점이었지만. 가끔 얘기했어. 아이고, 그냥 수도원에 계시지 왜 나와 나를 이리 고생시키시오."

눈물의 타이밍은 도통 알 수가 없다. 즐겁자고 함께 불렀던 '진주난봉가'는 평생을 수도사처럼 살았던 남편 백남기를 떠올리게 하고 말았다.

농사를 짓지 않는 농민회 활동가

전체 인구 중에서 농민으로 등록된 사람은 고작 260만 명, 이

중에서도 65세 이상의 노인 인구가 40%를 넘는다. 65세 이상의 고령인구가 인구의 20% 이상을 차지하면 초고령화사회로 분류되지만, 농촌은 이미 그 두 배를 넘어서 있다. 농촌이 비어가는 현실은 당연히 농민운동에도 영향을 미친다. 열정적으로 농민운동을 하던 농민회 회원들도 이제는 힘이 달려 농민회 기초 단위인 읍면 지회에 활력이 없다. 농민회 분회가 형식적으로는 남아 있지만 실제로는 운영되지 않는 곳도 많다.

그중에서도 경남 산청군은 인구 3만 6,000명 정도인 작은 지역이다. 산청군농민회도 없어졌다가 부활한 지 얼마 되지 않았다. 회원은 50여 명이다. 전농 산하의 여러 농민회가 있지만 굳이 산청군농민회를 찾은 이유는 마음이 많이 쓰여서이기도 하다. 2015년 11월 14일, 백남기 농민이 물대포에 쓰러진 민중총궐기대회 때 연행된 사람은 모두 49명이었다. 그중 농민이 두 명이었는데, 한 명이 산청군농민회 회원이었다. 구속영장까지 청구되어 경찰서에 몸이 묶였다가 영장이 기각된 후 사흘 만에 석방되었다. 결국 벌금형을 선고받았지만 아예 노역을 살며 끝까지 싸웠다.

여러 어려움이 있는 산청군농민회 활동에 백남기 농민은 중요한 구심점이 되었다. 분향소가 차려지고 사람들이 모여들었다. 이전에도 산청군의 진보적 시민운동조직 연대체인 '산청진보연합' 주도로 세월호 문제나 지역사회 현안 등으로 집회를 열면 참석자 10명 중 9명은 농민회 회원들이었다. 그러니 백남기 농민 일에는 더욱 마음을 쓸 수밖에 없었다.

산청군농민회 부회장인 양기관은 이제 쉰 줄에 접어든, 소위

586세대다. 지리산 자락에서 아내와 함께 펜션을 운영하는 그는, 자신의 펜션에서 가장 좋은 방에다 소박한 안주를 마련해놓고 박경숙과 투쟁 기록단을 기다리고 있었다.

"내가 중학생 때 양파가 한 망에 만 원이 안 됐거든요. 내가 쉰이 넘었는데 아직까지 양파가 한 망에 만 원도 안 합니다. 양파 농사 지어보면 '더위 먹는다'란 말이 뭔지 알 수 있어요. 정말 힘든 농사인데, 어떻게 값을 이것밖에 못 받는 거죠?"

경제 규모가 커지고 화폐가치가 하락하는 동안에도 꿋꿋하게 제자리걸음이거나 오히려 후퇴한 것이 바로 농산물 값이다. 농사가 고되니 농민들은 자식만큼은 대처로 내보내려고 더욱더 집약적인 농사를 짓는다. 양기관의 부모도 마찬가지였다. 양파 농사 지어 아들을 도시로 보냈다. 양기관은 공대를 나와 도시 노동자로 살아왔다. 그러다 10여 년 전 가족과 함께 산청군으로 귀촌했다. 그럼에도 농사보다는 도시에서의 노동이 편하다고 여긴다. 그나마 공장에는 퇴근과 주말이 있으니까.

그는 농사 안 짓는 농민회 회원이고 간부다. 농민회 활동뿐 아니라 산청진보연합 활동에도 적극적이다. "내가 농사를 안 지으니까 농민회 활동을 할 수 있겠더라고요." 그 말에 함께 있던 이들 모두 웃었다. 공감의 뜻이다. 농사일이 바쁘다 보니 농민들은 농사 말고 다른 일에 신경 쓸 여력이 없다. 문화적 활동에서도, 사회적 활동에서도 멀어질 수밖에 없다. 무엇보다 농산물 팔아 얻는 수입이 도시 노동자의 최저임금 수준에 미치지 못하는 상황이니 생계를 이어나가려면 더 많이, 더 오래 일하는 수밖에 없다. 사회운동에서도 조직화가 가장 어려운 부문, 예를 들면 비정규직 노동자나 빈민, 노점상 등의 형편은 하루벌이가 지나치게 절실해서 모일 여력이 없다. 그래도 양기관은 자신이 농사짓지 않는 것 때문에 늘 마음이 무겁다고 말했다.

"백남기 농민 투쟁 기간 동안 전농 부산·경남연맹 양정석 사무처장한테 전화하면 오늘도 서울(혜화동 서울대병원)이라 하고 며칠 뒤에 전화하면 또 서울이라 하는 거예요. 그 일 년 동안 항상 걱정하는 마음으로 서울을 왔다 갔다 하는데, 그 사람 농사지어야 하는 사람이거든요. 집에서 아내 혼자 농사짓고 있을 걸 생각하니 그게 너무 미안하더라고요. 그런데 서울에 양 처장만 있었겠습니까. 전국에 그런 사람이 한두 명이 아닐 텐데, 나는 돈 번다며 산청에만 있는 게 너무 미안하고 부끄러웠지요."

농민의 정의를 어떻게 두어야 할까? 농촌에서 생계를 구하고 농민과 함께, 무엇보다 농민의 삶을 개선하려는 운동을 하고 있다면 이들을 감히 농민이 아니라고 할 수 없다. 큰 농민운동가 중 한 명인 정광훈 의장*은 해남에서 나고 평생을 그곳에서 살면서 전국을 넘어 전 세계 농민을 조직한 분이다. 그러나 그도 엄밀히 말하면 자경(自耕)농민이 아니었다. 정광훈 의장의 탁월한 분야는 '전

---

* 1939년 9월 13일 해남군 옥천면 송운리 출생. 1958년 목포공업고등학교 졸업. 1978년 전남기독교농민회를 창립해 초대 총무를 맡았다. 1986~87년 전남기독교농민회 회장, 1990년 전국농민회총연맹 광주·전남연맹 초대 의장, 1999년 전국농민회총연맹 의장, 2001년 민주주의민족통일 전국연합 의장, 2007년 한국진보연대 공동대표를 지냈다. 2011년 4월 26일 4.27 화순군수 보궐선거 지원유세 후 해남으로 이동 중 불의의 교통사고를 당해 2011년 5월 17일 광주 망월동 민족민주열사묘역에 묻혔다. 평생 동지이자 친우인 김남주 시인 옆자리다.

"내가 농사를 안 지으니까 농민회 활동을 할 수 있겠더라고요."
산청군농민회 부회장 양기관.

기 기술'이어서 해남에서 솜씨 좋기로 유명했던 전파사를 운영했다. 가방에 작은 공구 몇 개만 있으면 못 고치는 기계가 없어, 들르는 곳마다 농기계나 가전제품을 고쳐주었다. 그렇게 평생을 농민들과 함께 울고 웃으며 농촌에서 살다 세상을 떠났다. 많은 농민의 애도 속에서 떠난 정광훈 의장은 영원한 농민운동가이자 민중의 벗이다. 그 지역에 뿌리를 내리고 지주와 싸워온 사람들 모두를 농민이라 불러 마땅하다.

"막상 뵈니 죄송스러워서 눈을 못 마주치겠네요. 민중총궐기대회 때 우리 분회원들하고 버스 옆에 상 차려서 술도 마시고 그랬거든요. 그런데 그 순간에 백남기 어르신의 생사가 갈리고 있었다는 걸 뒤늦게 알고 정말 많이 죄송했습니다."

양기관이 이렇게 말하자마자 박경숙은 대답했다. "먹어야지유, 그 먼 길을 갔는데."

많은 집회와 시위가 있지만 술과 안주가 빠지지 않는 현장이 농민 집회다. 중앙 연단에서 마이크를 잡고 앰프가 쩌렁쩌렁 울려도 머리 위로는 막걸리와 소주, 안주가 오간다. 집회 중 술을 마신다? 어찌 보면 위험한 일이기도 하고 언론에 난도질당할 만한 일일 것이다. 하지만 농민 집회는 그렇다. 멀리 전라남도 땅끝에서 강원도 산골에서까지, 관광버스를 대절해 서울로 모인다. 식사 해결 차원에서라도 음식을 잔뜩 싣고 온다. 농촌 노인들, 특히 여성 농민들에게는 나들이의 날이기도 하다. 농촌에서 관광버스를 타고 어딘가로 간다는 것은 그 자체로 나들이고 잔치다. 농민 집회에 나가서 한 자리를 차지하고 앉으면, 어느 순간 은박 접시에 눌

린 돼지머리며 홍어가 담기고 할머니들은 얼굴 모르는 사람에게
도 젓가락을 쥐여주며 음식을 먹으라고 권한다.

WTO 반대 집회에 나가 농산물 개방의 상징인 오렌지를 짱돌
삼아 집어 던지는 와중에도 나이 든 여성 농민들은 "이 아깐 것을
어쩌까잉" 하면서 '한나도' 안 더러우니 먹으라며 손에 오렌지를
쥐여주었다. 그때 그 캘리포니아산 오렌지를 "잘 먹겠습니다" 하
고 받아든 것은 지금 생각해도 잘한 일 같다. 가장 예쁜 옷(반짝이와
꽃의 향연인!)을 입고, 스타킹에 구두까지 챙겨 신고, 가려지지 않는
검버섯 위에 정성스럽게 연지곤지를 찍고 올라온 노년의 여성 농
민들에게 집회와 시위는 어떤 의미일까?

그날 백남기 농민도 죽어버린 농업정책을 상징하는 상여 옆에
서 덩실덩실 춤을 추고 있었다. 백남기와 함께 서울로 온 보성군
농민회 권용식은 대오에서 이탈한 형님(백남기)을 찾으면서도 '어
디 가서 오랜만에 사람들하고 막걸리 한잔하고 계시려니' 했다고
말했다. 그런 것이다. 오랜만에 서울로! 사람들을 만나러!

대학로 귀신이 꿈꾸는 농사 독립

백남기 농민의 투병 기간이 길어지면서 혜화동에 마련된 농성
장을 지키는 사람들도 지칠 수밖에 없었다. 1년 가까이 이어진 싸
움이었으니 부침이 없을 리 없다. 사람들이 많이 모여든 때도 있
었지만, 이대로 잊히는 건 아닐까 두려울 정도로 한산할 때도 있

었다. 그때 백남기 농민 사건의 진상이 밝혀지고 일이 해결될 때까지 '대학로 귀신'이 되겠다고 다짐한 이들이 있었다. 그 귀신이 대책위 사무국장 최석환과 산청 농민 이종혁이다.

이종혁은 1986년생으로, 백남기 농민이 쓰러졌을 당시 갓 서른이 된 청년이었다. 2013년 5월부터 2017년 8월까지 4년간 전농 정책부장으로 일하며, 전농에서 일을 마치면 고향 산청에 내려가 농사지을 계획을 짜고 있던 예비 청년 농부였다. 그는 천막 농성장에서 풍찬노숙을 가장 많이 했고, 건장함을 무기로 경찰들을 막아서고 취객들을 상대하는 일을 맡았다. 농성장의 천막을 치던 날부터 걷는 날까지 천막 살림을 맡았던 이가 이종혁과 최석환이다.

전농 실무자였으니 당연히 할 일이었을 뿐이라고 이종혁은 담담하게 말했다. 하지만 농성장에서의 생활이 기약 없이 길어지면서 자신도 그 공간에서 큰 변화를 겪었음을 숨기지 않았다. 매일매일 달라지는 것 없이 이어지는 농성장의 일상은 그로 하여금 이런 저런 생각을 참 많이 하게 만들었다고 한다. 서른 살이 되어 고향으로 돌아가 농사를 짓겠다고 마음먹었을 때 맞닥뜨린 백남기 농민은 질문을 계속 던지게 했다. '내가 저런 사고를 당하면 어떻게 될까? 이렇게 많은 농민이 올라오고, 시민들이 찾아주고, 촛불집회와 매일미사가 이어질 수 있을까?' 이종혁은 백남기 농민의 삶 자체가 이 싸움의 원동력이기도 했다는 결론에 닿았다. 잘 살아야 한다는 깨달음, 농촌에서 농민으로 이웃과 함께 살아야 한다는 깨달음이었다.

그는 농민인 부모 밑에서 자랐고 농업인 양성을 목표로 하는 한

"10년이 지나면 이 동네에 농사지을 사람이 없겠구나,
그럼 내가 가서 지어야겠다 생각했죠." 산청군농민회 이종혁.

국농수산대학교를 졸업했다. 농사지을 생각을 처음부터 한 터라 농민들 마음은 누구보다 잘 안다고 생각했다. 그러나 농민운동 판에 뛰어들고 나서 자신이 모르는 것이 너무 많다는 사실을 깨달았다. 전농 정책부장 역할을 맡아 '기초농산물 국가수매제도'*에 관한 기초조사를 진행한 적이 있다. 20여 농가의 농가수익(매출액에서 생산비를 뺀 액수)을 조사하는 일이었다. 조사 대상 농가 20곳 중에서 19곳이 적자였다. 불성실하거나 소비가 과해서가 아니었다. 농산물 가격보장이 제대로 되지 않아 빚으로 농사를 짓는 상황임이 여실히 드러났다. 자신이 농촌 출신이고 농민으로 살아갈 결심을 했으니 농사가 쉬운 일이 아니라는 것 정도는 잘 안다 생각했지만, 막상 실태조사를 해보니 농가의 어려움은 상상 이상이었다.

백남기 농민의 장례식을 마친 후, 이종혁은 고향 산청으로 내려와 부모와 함께 딸기 농사를 짓는다. 이곳에서도 산청군농민회 살림을 바지런히 꾸리고 있다. 산청군농민회에서 이종혁의 담당은 '모든 일'이라고 부회장 양기관이 말을 보탠다. 그래도 제일 중요한 업은 딸기 농사다. 200평씩 10동, 총 2,000평의 딸기 하우스에 아침 6시에 나가 저녁 7시까지 딸기를 따고 포장해서 출하하는 일에 1년 중 꼬박 5~6개월을 매달린다.

"꼭 농사를 짓겠다고 내려온 건 아니에요. 옛날부터 동네 할머

---

* 기초농산물 국가수매제도란 주요 농산물을 정부가 직접 수매하거나 농협 등 생산자단체를 통한 계약재배 등의 방식으로 안정적인 생산기반을 유지하고, 생산비를 보장하는 품목별 최저가격(하한선)과 국민이 수용 가능한 최고가격(상한선)을 설정해 기초농산물의 가격을 안정적으로 유지하기 위한 정책이다. 전농을 비롯한 진보적인 농민운동조직에서 주장해온 의제다.

니들 힘들어하시는 걸 보면 마음이 많이 쓰였어요. 농촌공동체라고 해야 하나, 이 마을이 사라지는 것도 싫고요. 동네를 지키는 일을 하고 싶어요. 군이 농사가 아니더라도 농촌을 지킬 수 있는 일이면 하고 싶어졌어요. 농사지어서 돈 많이 벌겠다는 생각은 하기 어렵죠. 다만 10년 지나면 이 동네에 농사지을 사람이 없겠구나, 그럼 내가 가서 지어야겠다 생각했죠."

그는 자신에게 사명감 같은 건 없다고 몇 번이고 강조했다. 그저 해야 할 일이어서 했을 뿐이라는 것이다. 순한 기질에 말수도 적은 청년은 농성장을 지킬 때도 정작 백남기 농민 가족이 내려오면 뒷자리로 물러났다. 볼 낯이 없고 미안해서였다. 1년간 농성장을 지켰지만 박경숙과 처음 인사를 나눈 것은 산청에서였다.

이종혁은 이제 농사 독립을 꿈꾼다. 딸기가 플라스틱과 비닐, 각종 약제 등 외부투입재가 참 많이 드는 작물이다 보니, 그에 대한 고민이 깊다고 했다. 좀더 친환경적으로 자신만의 농사를 지을 방법은 없는지에 대한 고민이다. 그러려면 부모님의 농토가 아니라 자신의 농토를 마련하고 농사 공부를 더 많이 해야 할 것 같다는 이야기도 덧붙였다. 자신만의 농사를 지으려면 학교에서 배운 대로만 할 수는 없고, 부모님의 방식만 따라가서도 안 된다는 것을 점점 깨닫고 있다. 그래서 혼자서 외롭게 해내기보다는 동료들을 만드는 일에 관심이 많아졌다.

이종혁이 고향에 내려와서 보니 농사를 짓지 않아도, 농민운동에 관심이 없다 해도 산청 곳곳에 청년들이 있었다. 지리산 자락인 까닭에 귀촌 인구가 그나마 있기 때문이다. 이들과 함께 산청을 가꾸며 잘 지내볼 방법을 고민하고 있다. 그래서 산청청년독서모임을 제안하고 준비하는 중이라고 했다.

농촌 청년의 기준은 도시와도 많이 다르다. "15세부터 60세까지죠." 모두 또 웃었다. 농촌에서 60대면 청년이다. 도시보다 외려 덜 늙는 곳이다. 언론에서는 백남기 농민을 '70대의 촌로'라고 표현했지만 한국 농촌의 현실에서 보자면 노인 축에 끼이지도 못한다. 이종혁은 천막 농성장에서 백남기 농민의 삶에 관해 많은 이야기를 들었다. 그중 귀에 가장 많이 담은 것은 백남기가 고향 보성에서 좋은 이웃으로 살아갔다는 이야기였다. 사람들에게 말을 걸고 술 한잔 권할 수 있는 그런 삶. 그래서 이종혁은 자신도 마을에서 좋은 이웃으로 살아가길 꿈꾸고 있다.

그는 벤처농업이니 스마트농업이니 청년 농민을 혹하게 하려는 지원 제도에 비판적이다. 농업으로 돈을 벌겠다는 것이 환상일 뿐이라고 생각하기 때문이다. 다만 생활을 안정시키고 도시에서 향유할 수 없는 자연을 느끼며 살아가는 것, 이웃이 있는 삶에 가치가 부여되어야 한다는 것을 강조했다. 자신이 태어난 고향에서 잘 살아보고 싶은 마음에 구체적인 방법에 관한 고민을 더한 데는 분명 백남기 농민이 크게 자리 잡고 있다.

새벽까지 소주잔을 주고받으며 이야기를 나눈 이종혁이 아직 어둑한 새벽길을 나섰다. 딸기밭에 나가봐야 하기 때문이다. 자신이 빠지면 어머니가 너무 고생한다며, 농촌에서는 엄마들이 제일 힘들다는 말을 덧붙였다. 그리고 새벽에 따온 가장 싱싱한 딸기를 박경숙에게 안겨주었다. 예의 그 수줍은 웃음만 지으면서.

이제 자신만의 농사를 지어보려고 하는 젊은 농민 이종혁과 농사를 짓지 않지만 농촌 마을에 뿌리를 내리고 생활을 꾸리고 있는 농민 양기관. 이들은 다른 많은 사람과 마찬가지로 백남기 농민 투쟁의 앞에 나서서 싸움을 이끌지 않았다. 다만 자리를 지켰다. 이들이 지켰던 자리는 서울의 농성장이기도 했고 산청의 백남기 농민 분향소이기도 했다. 이제는 자신들의 생활의 자리를 열심히 지킨다. 그들은 농성장에서든 분향소에서든 다른 사람들에게 앞자리를 자꾸 내주며 맨 뒷자리에 앉기를 자처했다. 훗날 돌이켜보니, 자리를 지키고 마음을 보태는 일이 백남기 농민 투쟁의 시작이자 끝이었다.

전남 보성군 부춘마을.
마을 곳곳 풀을 뜯던 양반이 없으니 잡초가 무성해졌다고 박경숙이 한탄했다.

02

2015년 11월 14일

2015년 11월 12일 목요일, 전남 보성의 날씨는 최저기온 9.7도, 최고기온 21도였다. 그 주 내내 날씨가 온화해 밀 씨앗을 뿌리기에 적당했다. 무엇보다 11월 14일 토요일에는 '민중총궐기대회'에 참가하기 위해 서울로 올라갈 참이었다. 그래서 상경하기 이틀 전 백남기, 박경숙 부부는 서둘러 밀 파종을 마쳤다. 백남기 농민 부부가 파종한 밀은 '백중밀'이었다. 우리밀 품종 중에서도 백중밀은 보급 품종으로 국수용이다. 제빵용인 금강밀의 값을 더 쳐주지만, 백남기는 백중밀을 택했다. 빵보다는 국수가 우리밀 살리기 운동의 정신에 더 맞다고 보았기 때문이다.

서울로 가는 백남기

2015년 11월 14일은 인근 순천에서 '주암호 사랑 걷기대회'가 열리는 날이었다. 원래 백남기 농민은 이 행사에 참가하려고 했다. 광주와 전남의 주요 식수원이자 농업용수 공급원인 주암호는 1991년 주암댐이 만들어지면서 생긴 인공호수다. 백남기 농민이 참여하려던 주암호 걷기는 일곱 해째 개최되던 대회였는데, 주암호 주변의 벚꽃길이 유명해 지금은 행사 시기가 봄으로 옮겨졌다. 생태관광을 앞세운 관변 행사였지만, 이 대회에 참여하려던 백남기 농민의 마음을 가늠해본다. 가톨릭농민회(이하 가농)의 정신인 생명운동을 놓지 않기 위한 일환이었을 것이다. 주암호 걷기대회의 슬로건이 수질을 보전하고 환경의 소중함을 깨닫는다는 것이니, 이는 백남기 농민이 평생을 두고 걸었던 뜻과 다르지 않다. 하지만 농민운동을 함께한 평생 동지이자 후배인 보성군농민회 전 회장 최영추가 "형님, 민중총궐기대회 가십시다" 청하자 그러마 하고 함께 서울로 향하기로 했다.

2015년 11월 14일 토요일 이른 아침, 백남기는 보성군청 앞에서 보성군농민회라 적힌 관광버스에 올라탔다. 보성군농민회에서 나눠준 조끼를 받아 입으면서, 큰 집회에 올라가면 대오에서 떨어져 길을 못 찾을 수 있으니 사무국장의 전화번호를 입력해두라는 안내를 받았다. 그러나 백남기 농민은 휴대전화나 신용카드, 하다못해 현금카드도 지니지 않은 사람이었다. 아내 박경숙은 최영추의 전화번호와 함께, 서울 사는 큰딸 백도라지와 남편 사촌동생의 전화번호를 적어 남편 주머니에 넣어주었다. 혹시 길을 잃어버리거나 하면 지나가는 학생들에게 부탁해 전화를 하라고 신신당부하면서. 이제 나이도 들었고 앞에 잘 나서지 않은 지 한참 되었지만, 그래도 걱정스런 마음에 아내는 한마디를 보탰다. "앞에 나서지 마쇼잉."

"알았네. 잘 다녀올 것이네." 그날, 남편이 유독 밝게 웃으면서
집을 나섰다고 박경숙은 기억한다. 남편이 들고 간 작은 가방에는
녹차 한 병, 비 예보가 있으니 꼭 챙겨 가야 한다며 넣어준 우산이
들어 있었다.

버클과 조끼

최영추는 이미 여러 언론사에서 똑같은 질문을 받고 매번 고통스
러운 대답을 해야 했다. "너무 힘들어서 (인터뷰) 안 하고 싶었어요.
자꾸 속을 쑤시는 질문이니까. 형님이 주암호 걷기대회 가신다고
했는데 내가 강권해서 그리된 것만 같아, 마음에 부담이 많아. 형
수님 뵙기가 너무 죄송스럽지."

광주진보연대의 류봉식 대표도 당시를 회상하며 무거운 심경
을 털어놓았다. 민중총궐기대회 때 차벽과 물대포로 막힌 길을 진
보연대가 행진 대오를 만들어 뚫고 올라가려 했다. 그러나 광화문
역 지하도에서 경찰들과 대치하느라 진이 빠져, 백남기가 쓰러진
종로1가까지 진격할 수 없었다. "그때 우리가 먼저 뚫고 가서 종
로1가를 지키고 있었으면 백남기 어르신께 그런 일이 일어나지
않았을지도 모르는데, 그 생각만 하면 젊은 우리들이 지켜드리지
못해 부끄럽고 죄송하고. 뭐라 드릴 말씀이 없어요."

박경숙은 "그 양반이 누가 가란다고 가고, 가지 말란다고 안 갈

2015년 11월 14일 민중총궐기대회 당시
서울 종로구청 사거리 위에 물대포를 맞은 농민들이 떨군 벼가 떨어져 있다.
그 후 같은 장소에서 백남기 농민이 물대포를 맞았다.

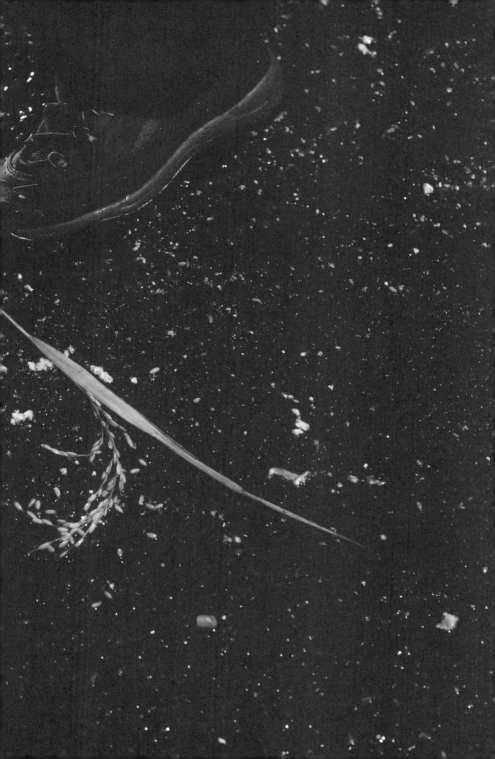

양반이랍디까. 그런 생각 마셔유"라며 울먹이는 동생들을 오히려
달랬다.

생전에 백남기 농민은 피붙이 같은 최영추를 '최 교수'라 불렀
다. 박학다식하고 모르는 것 없는 그와 밤새 이야기 주고받는 것
을 좋아했다. 최영추가 대학을 마치고 고향 보성에 내려왔을 때,
중앙대에서 학생운동을 했던 유명한 활동가가 보성에 있다는 소
식을 들었다. 그 사람이 바로 '백남기 형님'이었다. 가톨릭농민회
에 입회해 농민운동에 매진하고 있던 백남기와 보성에서 농민운
동을 함께한 평생의 동지가 최영추다. 1987년 6월항쟁 때는 함께
열차 타고 광주로 시위를 나가기도 했다. 6월항쟁 이후 단일 대오
의 농민운동조직이 만들어져야 한다는 농민들의 요구에 따라 전
국농민회총연맹 결성 움직임이 생겨났다. 최영추는 전농 결성에
나섰고 백남기는 가농에 그대로 남기로 했다. 전농의 길로 함께 가
자던 최영추와 가농에 남겠다던 백남기 농민은 이 문제로 술을 마
시며 언쟁을 벌이기도 했다. 피가 뜨거웠던 그 시절은 이제 그리움
으로 남았다.

백남기가 최루액이 잔뜩 섞인 물대포를 맞고 최루액과 피로 범
벅이 되어 쓰러져 있을 때에도 최영추가 가장 먼저 알아봤다. "형
님을 찾아 헤매고 있는데 누가 쓰러졌다고 하는 거야. 가보니 혁
대에 가톨릭농민회 25주년 기념 빠끌이 보이더라고. 형님인지 단
박에 알아봤지. 평생 그거 하나만 하셨응께."

전농 전 의장이자 보성의 농민운동 동지인 문경식은 그날을 떠
올리며 한숨을 쉬었다. 한국진보연대 상임대표를 맡고 있는 문경

식은 민중총궐기대회를 조직한 주최 측의 일원이었다. 대회를 진행하느라 보성군농민회 사람들과 같이 다니지 못했던 그는, 그날 전농 상여 행렬이 지나는 보신각 먼발치에서 백남기를 보았다. "형님을 봤는데, 천사같이 환하게 웃으면서 덩실덩실 춤을 추시더라고. 기분이 아주 좋아 보였어요."

해가 넘어가는 시간이라 갈 길이 먼 지방 참가자들은 귀성 준비를 서둘렀다. 보성에서 올라온 참가자들도 자리를 털고 일어나려는데, 백남기 농민이 보이지 않았다. 다른 일행을 먼저 출발시키고 보성군농민회 당시 회장이었던 권용식과 최영추, 문경식이 그를 찾아보기로 했다.

보성에서 출발하는 관광버스에 오르며 백남기 농민이 받아 입었던 보성군농민회의 파란 조끼에는 '가자 11월 14일 서울로! 밥쌀용 수입 저지!'라고 적혀 있었다. 최영추는 가톨릭농민회의 '빠클'을 보고, 권용식은 자신이 직접 디자인한 조끼를 보고 백남기를 바로 알아보았다. 백남기가 쓰러진 자리에 가까이 있던 부여군농민회의 박찬열 전 회장도 농민회 조끼를 보고 그가 농민이라는걸 알아채고 지체 없이 구급차에 올라탔다. 그렇게 농민운동 후배들의 호위를 받으면서 백남기는 서울대병원 응급실로 옮겨졌다.

가농 창립 기념품인 혁대 버클과 전농 산하 보성군농민회의 조끼는 백남기 농민의 표식이자 마지막 유류품이 되었다. 백남기는 전농 활동을 한 것은 아니지만 보성군농민회의 감사를 기꺼이 맡을 정도로 농민운동의 동료로 함께했다. 가농과 전농 모두 농민운동의 뿌리가 같으니 뜻도 같다 여기며 어울려 지내왔다. 백남기 농민이 마지막으로 걸치고 있던 가농의 혁대 버클과 전농의 조끼는 가농과 전농 함께 어깨 걸고 잘 싸워달라는 뜻이었을까. 가톨릭농민회와 전국농민회총연맹은 백남기 농민 투쟁을 끝까지 함께 이끌어왔다.

회생 불가와 수술 가능 사이에서

2015년 11월 15일 저녁 7시쯤 백남기의 큰딸 백도라지는 어머니 박경숙에게 전화를 받았다. 아버지가 다쳤다고 하니 빨리 서울대병원 응급실로 가보라는 연락이었다. 서울에서 큰 집회가 열린다는 것은 알고 있었지만 아버지가 올라온다는 연락은 받지 못한 상황이었다. 먼저 병원에 전화를 걸어 아버지의 상태를 물어봤지만 가족이 와야 알려준다는 대답만 들었다.

백도라지는 아버지의 상태가 얼마나 위중한지 짐작조차 못한 채 택시를 타고 서울대병원으로 출발했다. 주말인 데다 시위가 있었던 터라 교통 통제와 체증이 심했다. 택시에서 내려 경복궁역에서 전철을 타려 했지만 무정차 통과 중이었다. 결국 백도라지는 뛰어야만 했다.

"전철도 탈 수 없고, 그래서 뛰다가 걷다가 하면서 겨우 병원에 도착했더니 다리가 풀리더라고요. 남편도 비슷한 시간에 병원에 도착해 있었어요. 그런데 응급실에서는 계속 엄마 안 오냐고 묻기만 하더라고요."

환자의 의식이 없어 보호자가 대리판단을 해야 하는 경우, 그 보호자는 법적인 배우자가 우선하고 그다음이 성인 자녀다. 병원에서는 일단 배우자인 박경숙을 찾았다. 하지만 박경숙이 보성에서 서울까지 택시를 타고 올라오는 동안 기다릴 여유가 없었다. 백도라지는 어머니에게 전화로 상황을 알리면서 결정을 내려야 했다.

평소 백남기의 건강에는 아무런 문제가 없었다. 순한 음식과 노동, 기도로 채운 삶이었다. 자녀들이 아기일 때부터 '예방주사 맞는 걸 끝으로 병원에는 다시 가지 말고'를 주문처럼 외우며 키웠다. 온 식구가 병원 가볼 일이 없었다. 이날 백도라지는 대학병원 응급실이라는 곳에 처음 가봤다. 백남기 농민 자신도 처음이었을 것이다.

아버지의 상태는 백도라지의 예상보다 매우 심각해 보였다. 일단 의식이 없었고, 코에는 벌써 인공호흡기가 꽂혀 있었다. 응급실로 내려온 신경외과 담당의가 뇌출혈로 인해 뇌가 한쪽으로 쏠려 있는 사진을 보여주면서 수술은 불가능하다고 말했다. 1시간 반을 달려온 병원 응급실에서 딸이 들은 한마디는 단호했고 냉혹했다. "아버님 못 돌아오십니다."

그리고 얼떨결에 비닐봉투에 담긴 아버지 옷을 받아들었다. 물에 푹 젖어 무겁기도 하고 최루액이 뒤섞여 있어 냄새도 좋지 않았다. 옷 봉투를 손에서 놓지 못하고 아버지를 지켜보았다. 그러면서 보성에서부터 택시를 대절해 올라오고 있는 어머니와 남동생 백두산에게 전화로 청천벽력 같은 이야기를 전해야 했다. 남편의 상태가 심각하다는 얘기를 전화로 전해 들은 박경숙은, '어차피 가실 양반'이라면 고통스러운 처치를 하지 않는 것이 맞다며, 마음을 굳게 먹고 서울로 올라오고 있었다. 이런 황망한 상황에서 아버지의 상태를 보고 있는 것만으로도 막막한데, 의사는 기이한 말을 한마디 보탰다. "물대포에 맞았다고 하는데, 그건 확인된 것이 아닙니다." 119 구급차에 실어 온 구조사들이 상황을 다 봤다고 하는데도 굳이 왜 이 상황에서 저런 말을 하는 것일까. 백도라지는 불길한 기분이 들었다. 그때 서울대병원 신경외과 과장 백선하가 나타났다.

"응급중환자실에 환자들 말고는 가운 입은 의사와 의료진들뿐이었는데 등산복 입은 남자가 눈에 띄더라고요. 그 사람이 아빠 옆에 서 있었어요. 그러더니 자기가 신경외과 누구라면서, 수술을 해볼 수 있을 것 같다고 하더라고요."

어제까지, 아니 분명 낮까지도 멀쩡했던 아버지가 시위에 참가했다 병원 응급실에 실려 왔다. 회생 가능성이 없다는 말을 의료 전문가들로부터 방금 듣고 황망해하는 중이었다. 이런 절망적인 상황에서 의대 교수, 그것도 한국 최고의 병원이라 자부하는 서울대병원 신경외과 과장이 나타나 '수술을 해보자'고 한다면 누구나 희망의 끈을 쥘 것이다. "그땐 백선하가 어떤 인간인지 몰랐으니까요. 신경외과 과장이라고 하니 실력이 있는 사람이겠거니 했어요." 백도라지는 남편과 상의해 전문가인 의사의 말을 따르겠다고 결정한다.

백남기 농민이 의식을 잃은 채 서울대병원 응급실로 실려 온 시

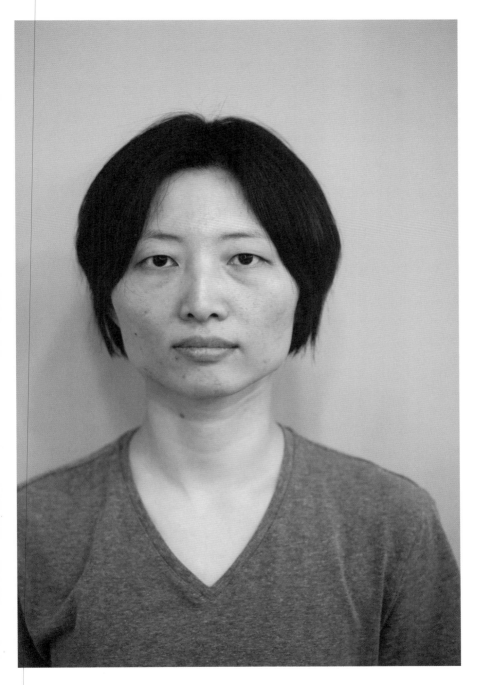

"해결된 것은 없습니다. 무엇보다 물대포 퇴출 약속이 나오지 않았잖아요.
물대포는 그 누구도, 설사 박근혜라 하더라도 맞아서는 안 됩니다."
백남기 농민의 장녀 백도라지.

간이 밤 9시경. 수술실로 올라간 시간이 밤 11시. 두 시간 동안 수술 불가에서 수술 가능으로 상황이 극적으로 바뀌었다. 일단 병원에 있는 보호자가 장녀 백도라지였으므로 수술동의서에 서명을 한 당사자도 백도라지다.

백도라지는 수술동의서를 앞에 놓고 신경외과 레지던트로부터 설명을 들었다. 보통의 수술동의서 작성 과정이란 수술 과정에 대해, 그리고 수술 중에 발생할 수 있는 여러 응급상황, 수술 후에 올 수 있는 부작용 등에 대해 환자 본인이나 보호자가 인지할 수 있도록 설명을 듣고 최후에 보호자의 자격으로 서명을 하는 것이다. 그런데 이날 수술동의서 작성 담당 레지던트는 이런 경우 의사들마다 수술 시행에 대한 의견이 다를 수 있다는 말을 백도라지에게 슬쩍 흘렸다. 자기 같으면 수술을 하지 않을 거라며. 의사들이 수수께끼 같은 말들을 하나씩 던졌지만 의료인이 아니고서야 이를 조합해 판단을 내릴 수가 없다. 의료라는 고도의 전문 영역에서 환자의 보호자는 급작스럽게 모든 것을 결정해야 하지만 정작 아무것도 결정할 수 없어 의사의 말에 전적으로 매달려야 하는 무기력한 처지에 놓인다. 수술은 다섯 시간 정도 걸려 새벽 4시쯤 끝났다. 보성에서 어머니와 남동생 백두산이 도착했고 아버지는 중환자실로 옮겨졌다.

"아빠 머리를 열어 고인 피를 제거했고, 뇌의 중심축이 옮겨졌다는 그런 복잡한 설명을 들었지만 일단 수술은 잘됐다고 했어요. 이후는 어찌 될지 모른다고 했지만요."

어찌 될지 모르겠다던 '이후'의 실상은 얼마 지나지 않아 드러났다. 백남기 농민이 받은 뇌수술은 사망 단계에만 이르지 않도록 하는 연명치료의 일환이었고, 연명이 필요했던 것은 백남기 농민이 아니라 박근혜 정권이었다.

백남기 농민은 그저께 밀 씨앗을 뿌리고 서울에 올라왔다. 그 밀 씨앗들은 이제 흙속에서 잔뜩 웅크린 채 긴 겨울을 나야 한다. 죽은 것인지 산 것인지 알 수 없는 시간을, 밀 씨앗도 씨를 뿌린 이도 견뎌야 했다.

서울 종로구청 사거리. 바로 이곳에서 백남기 농민이 물대포에 맞고 의식을 잃었다.

03

50년 만의 졸업장

전라남도 보성군 웅치면 유산리 부춘마을. 활성산이 감싸고 있는 작고 아름다운 마을이다. 마을 입구에 들어서면 슬레이트 지붕이 다 무너져가는 농장의 블록 담장에 '의심나면 다시 보고 수상하면 신고하자'라는 표어가 쓰여 있다. 반공이 국시이던 시대의 흔적이다.

저 표어대로 하자면 이 부춘마을에 의심나는 사람, 수상한 사람이 살았다. 운전면허증도, 휴대전화도, 신용카드도, 하다못해 현금카드도 없이 살았던 사람. 자녀들 이름을 백도라지, 백두산, 백민주화로 지어 통일을 염원하던 사람. 마을 최초 직선 이장이 된 사람. 계엄군에 끌려가 군법정에서 고개를 빳빳이 들고 부끄러운 줄 알라고 소리를 지르던 사람. 집 밖을 나서면 정보과 형사가 따라붙던 사람. 우리밀을 살리자고 돈 안 되는 농사를 지었던 사람. 집에서 기르는 개의 이름마저 '오이삼'(노무현 대통령 서거일), '팔일팔'(김대중 대통령 서거일)로 지은 사람. 무엇보다, 모두 서울로 올라가던 시대에 다시 고향으로 돌아온 사람. 세상의 기준에서 보면 파

출소에 신고를 하고도 남을 만큼 수상한 사람이다.

청년 백남기

　백남기 농민이 물대포에 맞고 병원에 실려 와서 무리한 수술을 받고 누워 있을 때, 가족들은 국가를 상대로 하는 힘든 싸움이 전개될 것임을 직감했다. 이미 보수 언론과 극우 인터넷 신문은 백남기가 순수한 농민이 맞는지를 따져 물으며, 그를 '전문 시위꾼'으로 몰기 시작했다. 그때 가족들은 백남기의 이력을 정확히 알리는 것이 필요하다고 판단했다. 가족들과 절친한 동료들만 알고 있었던 백남기의 과거, 본인도 가족도 말을 꺼낸 적이 거의 없었던 백남기의 이력이 알려지게 된 연유다.

　"빨갱이니 전문 시위꾼이니 이 말 저 말 나오기 시작할 때, 이 양반 얘기를 정확히 알릴 필요가 있겠다 싶더라고요. 우리야 알고는 있던 얘기지만 정확한 날짜 같은 건 모르니까. 그때 같이 잡혀가고 했던 중앙대 동문들한테 연락을 해보라고 강은 씨한테 부탁을 했지유."

　우리밀 살리기 광주·전남운동본부 회장 최강은은 백남기 농민이 가톨릭농민회 광주대교구연합회 회장이었을 때 총무를 맡아 함께 농민운동을 한 후배다. 평소 백남기의 자녀들에게 삼촌이라 불리는 최강은이 중앙대 민주동문회에 요청해 백남기의 이력을 구성했고, 묻혀 있던 청년 백남기의 삶이 드러났다.

백남기는 1947년 음력 8월 24일(양력 10월 8일), 아내와 함께 살았던 지금 집에서 태어났다. 그 시절 드물게도 무녀독남 종손이었다. 같은 동네에 살던 비슷한 또래의 작은아버지와 친구처럼 자랐다. 아직도 고향 부춘마을에는 백남기보다 나이가 어린 작은어머니가 살고 있다. 작은어머니는 동네 일과 작은집 일을 먼저 챙겨주던 조카의 부재를 내내 비통해했다.

백남기는 초등학교(당시 국민학교)를 보성 웅치에서 다녔다. 그 학교에 백남기 농민의 세 자녀도 다녔다. 농촌에서는 부모와 자식, 조부모와 손자녀들이 초등학교 동문인 경우가 많다. 그러나 1929년 개교한 웅치초등학교는 수많은 농촌 학교의 운명대로 2017년 3월 폐교했다.

중학교와 고등학교는 공무원인 부친의 부임지 이동을 따라 광주에서 다녔다. 광주서중학교와 광주고등학교를 졸업하고 중앙대학교 행정학과로 진학한 해가 1968년. 당시 한국의 대학 진학률은 20% 안팎, 농촌 지역에서는 그보다 더 낮았다. 대학생이 된다는 것 자체가 특권인 시대였고 서울의 대학으로 진학한다는 것은 더욱 큰 특권이었다. 그 시절 시골에서 누이들 다섯 명분의 진학 비용을 모아 아들 하나를 대학생 만드는 이야기는 너무나 흔해서 신파 축에도 끼지 못한다. 그런 기대를 안고 대학생이 된 농촌 출신 학생들의 선택지는 다양할 수 없었다. 고시에 합격해 벼슬을 하거나 큰 회사에 취직해 집안을 일으켜야 했다. 백남기 농민의 모친 역시 아들이 공부 잘해 서울까지 갔으니 장관은 하려나 했더니 농사나 짓고 있다며 생전에 가끔 탄식했다고 한다.

그러나 엄혹한 시절이었다. 백남기가 군대를 제대하고 학교에 돌아온 1971년, 당시 주요 대학에서는 무장군인이 캠퍼스에 상주하는 상황이 벌어졌다. 위수령이 발동됐기 때문이다. 위수령이란, 한마디로 군대를 치안에 동원하는 법령이다. 1950년, 이승만 정권 하에서 제정된 위수령이 처음 발동된 것은 1965년 한일협정 비준안 반대 시위를 진압하기 위해서였고, 백남기가 복학한 1971년에 두 번째 위수령이 발동되었다.

당시 박정희 정권은 대학 병영화를 목표로 교련을 교양필수로 지정해 현역군인을 교관으로 배치했다. 또한 1971년 4월 27일 제7대 대선에서 박정희는 당시 큰 지지를 받던 김대중 후보를 부정선거로 따돌리고 당선되었다. 이를 규탄하는 격렬한 시위가 연이어 일어나자 대학 휴교령과 위수령을 발동한 것이다. 위수령이 발동된 서울 시내 10개 학교 중에 중앙대도 있었고, 그해 10월 위수령 반대 시위에 참여했다는 이유로 백남기는 학교에서 1차 제적을 당한다. 박정희와 그의 딸 박근혜와의 악연은 이때부터 시작된 것일지도 모른다.

백남기는 중앙대 학생운동의 중심으로 성큼 들어가 1973년 유신 철폐 시위를 주도했다. 이는 백남기의 삶에서 중요한 전환점이 되었다. 수배자가 되어 명동성당에 피신한 것을 계기로 '임마누엘'이라는 영세명으로 가톨릭에 입교했기 때문이다. 임마누엘은 구약성경에서 예수 그리스도의 탄생을 예고하며 태어날 아기에게 붙여진 이름이다. 즉 예수의 다른 이름이다. 그의 장례식도 명동성당에서 치러졌다.

백남기의 선후배들은 늘 조용하고 큰 소리 한 번 내지 않으며 후배들에게 따뜻하고 자상했던 사람으로 그를 기억하고 있다. 집회가 끝나면 후배들에게 꼭 빵이라도 사다 먹이려고 애를 썼다. 계엄 철폐와 학생운동 노선에 대해서는 타협 없는 원칙주의자였지만 사람들에게만은 부드러웠다. 그는 손에서 빗자루와 걸레를 놓지 않았고, 청소와 뒷정리가 자신의 일이라 말했다. 중앙대 후배 이명준은 백남기를 이렇게 기억했다. "내가 1974년에 복학해서 백남기를 만났는데, 세미나나 회의를 백남기 동문의 하숙집에서 하곤 했어요. 가보면 늘 방을 깨끗이 치워놓고 기다리고 있었지요. 백남기 동문은 한 학번 선배지만 나와 같은 연배이기도 한데, 조용하고 깔끔한 성품이라 내가 참 부끄러웠지요."

중앙대 후배이자 성공회 신부인 김경일이 백남기 농민이 물대포에 쓰러진 직후 그에게 쓴 편지에도 그의 성품이 드러난다.

법대 공청회 때 얼떨결에 총장 사퇴 주역이 되어 나도 총학생회 멤버들과 어울리게 되었다. 사무실에 가보면, 총학의 부회장으로 있으면서 늘 빗자루와 걸레를 들고 청소만 하고 계셨다. 운동의 방식을 놓고 후배들이 치열하게 논쟁을 벌여도 형님은 옆에서 웃기만 했다. 이렇게 자유롭게 자신의 의사를 밝힐 수 있는 시대가 왔다는 게 꿈만 같고 행복하기만 하다고 했었다. 술자리가 벌어지고 안주로 돼지고기 삼겹살을 사 와서 구울 때도 형님은 집게를 손에서 놓지 않고 굽기만 하지, 드시는 걸 못 보았다.

— 성공회 신부가 '물대포'에 쓰러진 백남기 형에게 보내는 편지(한겨레, 2015. 11. 25)

수배자 신분으로 명동성당에서 피신 생활을 하던 백남기는 2차 제적을 당했다. 그는 아예 봉쇄 수도원인 '가르멜수도원'에 들어 갔는데, 그때가 1975년이다. 백남기는 그곳에서 잡부로 2년, 수도 사로 3년을 지냈다. 수도원에서 노동과 기도뿐인 생활을 5년 동안 한 것이다.

살아남은 자의 부끄러움

짧은 봄날처럼 1980년이 왔다. 백남기도 수도원에서 나와 학교 로 돌아갔다. 대학의 병영화를 목표로 만든 학도호국단은 폐지되 었고 총학생회가 부활했다. 이때 중앙대 재건 총학생회 1기 부총 학생회장이 바로 백남기였다. 하지만 너무 찬란했을까. 그해 봄은 너무 짧았다. 5월에 들어서면서 박정희의 자리를 유신잔당 전두 환과 노태우, 신현확이 차지하면서 시국은 다시 어수선해졌다. 당 시 중앙대에서는 총학생회 재건을 기념해 '유신잔당 장례식'을 치 르자는 계획을 세웠다. 장례위원장은 벌교 출신의 송기원(소설가), 장례 행렬의 총괄 지휘자는 백남기였다. 백남기는 조용히 흑석동 의 목공소를 일일이 수소문해 상여를 만들어 학교에 들여놓았다. 5월 14일, 중앙대 집회 역사상 최대 인원인 4,000여 명의 학생이 상여를 앞세우고 흑석동 캠퍼스를 출발해 한강을 건너 서울역까 지 행진했다. 학도호국단 훈련 덕분에(?) 일사분란하게 교문을 돌 파했으니, 바짝 든 군기를 결국 시위에 잘 써먹은 셈이다. 당시 주민들이 장례행렬을 보면서 학생이 죽었다고 생각할 정도로 장엄한 행렬이었다. 그 상여는 수십만 명 시위대가 운집한 서울역 광장에서 불태워졌다.

이 사건으로 송기원은 '김대중 내란 음모 사건'에 휘말려 혹독한 고문을 당한 뒤 군교도소에 투옥되고, 백남기는 피신하라는 후배들의 권유를 마다하고 후배 백상태의 기숙사 방에서 검거된다. 이미 명동성당에서 오래 피신 생활을 경험했던 터다. 백남기는 도망 다니는 일도 지겹고 잘못한 것이 없으니 떳떳하게 잡혀가겠다며 계엄군을 기다렸다. 1980년 5월 17일, 전두환은 비상계엄령의 전국 확대를 발표하고 대학생들을 우선 잡아 가두기 시작했다. 백남기가 잡혀간 때가 1980년 5월 18일 일요일 오전 9시경. 같은 시간 광주에서는 전남대학교 앞 정문에서 '계엄 철폐'를 외치던 대학생들을 계엄군이 유혈 진압하기 시작했다. 군인이 광주 시민들을 향해 총을 쏘았고 탱크가 금남로를 활보했다. 광주 투입 작전명 '화려한 휴가'. 그 작전명만큼 광주가 진한 핏빛으로 물들기 시작한 날이다.

계엄군에 끌려간 백남기는 김대중에게서 돈을 받아 신군부 반대 시위 자금으로 썼는지를 실토하라며 모진 고문을 당했다. 1980년 8월, 그는 학생 신분이었지만 수도군단 보통군법회의에서 계엄 포고령 위반으로 징역 2년 실형을 선고받아 수감되었다. 학교에서는 백남기를 최종 퇴학시켰다.

1980년 5월, 백남기는 광주에 있기도 했고 없기도 했다. '서울의 봄'이라고 명명된 짧은 해방이었다. 백남기는 당시를 살던 많은 젊은이처럼 그 봄날에 취하기도 했고 휘말리기도 했다. 그가 계엄군에 붙잡힌 곳은 광주가 아닌 서울이었지만 평생 '광주'의 무게를 내려놓지 못했다. 자신은 살아남았고 광주 시민들은 죽었기 때문이었다. 광주에서 학창시절을 보낸 백남기에게, 광주 시민들은 친구이기도 했고 이웃이기도 했다. 문민정부가 들어선 후 주변에서는 5.18 유공자 신청을 하도록 백남기에게 권유했지만 그는 끝까지 거부했다. 살아남은 자로서 죽은 이들 보기 부끄럽다는 이유에서였다.

백남기 농민이 중환자실에서 사투를 벌인 지 여섯 달째인 2016년 5월. 백남기라는 사람이 물대포에 맞아 쓰러져 여전히 사투를 벌이고 있다는 사실조차 점점 사람들에게 잊히고 있었다. 그때 광주에서 나섰다. 2016년 4월 총선 후 여소야대(당시 여당은 새누리당, 현 자유한국당) 국회가 만들어졌다. 대책위는 수차례 '백남기 농민 청문회'를 열라고 국회에 요구했지만 야당인 더불어민주당과 국민의당이 적극적으로 나서지 않았다. 2016년 5월 17일, 5.18광주민중항쟁 36주년 전야제와 민주대행진 참가를 위해 국민의당과 민주당 지도부를 비롯한 국회의원들이 대거 광주로 모였다. 바로 그 자리에서 광주 시민들이 외친 구호는 처음부터 끝까지 '백남기 청문회를 실시하라!'였다.

광주진보연대는 전야제 행사에 네덜란드에 살고 있는 백남기의 둘째 딸 백민주화를 초청해 발언을 듣기도 했다. 세월호 유족들과 당시 고공농성 중이던 기아자동차 노조, 5.18 유족들도 모두 한목소리로 백남기 청문회 개최를 요구하는 구호를 외쳤다. 광주

시민의 뜻을 확인한 야권 지도부는 바로 다음 날 백남기 농민 청문회를 추진하겠다고 선언했다.

당시 5.18 행사의 주체였던 광주진보연대 류봉식 대표와 황성효 사무처장은, 5월 정신이란 과거에 묶인 것이 아니라고 강조했다. 국가폭력으로 누군가 다치고 죽었다면 이것이 바로 광주의 문제이고, 이 문제를 해결하려 노력하는 것이 5월 정신이라고 말했다. 백남기 농민은 광주의 정신을 실천한 사람이며, 당연히 백남기 농민의 문제는 5월 광주의 문제라는 것이다. 혹시 백남기 농민이 전라도 농민이어서 더욱 마음이 갔던 것은 아닐까? "경상도 농민이었어도, 아니 그 누구라도 우린 당연히 외쳐불제."

그 단호한 마음들이 백남기의 영면을 망월동으로 이끌었는지도 모를 일이다. 백남기 농민은 광주 망월동 5.18국립묘지 구묘역에 인생의 마지막 여장을 풀었다.

50년 만의 졸업장

백남기는 1968년에 중앙대 행정학과에 입학해 1971년 위수령 반대 시위로 첫 번째 제적을 당하고, 1973년 유신 철폐 시위를 주도해 수배 생활을 하다 두 번째로 제적되었다. 1980년에는 계엄령 철폐를 외치다 계엄군에 끌려가 감옥살이를 했고, 학교는 백남기를 아예 퇴학 처분했다.

백남기 농민이 물대포에 쓰러진 지 2년여, 세상을 떠난 지 1년

3개월 되던 2017년 12월, 중앙대는 백남기에게 명예졸업장을 수여했다. 68학번 백남기가 학교에서 쫓겨난 지 50년 만에 받는 졸업장이었다. 유족들은 고인이 대학 졸업장에 미련도 없었고, 이미 떠난 사람에게 명예졸업장 수여가 무슨 의미냐며 극구 사양했다.

그러나 가족의 난색에도 불구하고, 중앙대 민주동문회는 '의혈중앙'의 뜻에 백남기를 새겨두고 싶어했다. 그 뜻에 걸맞은 백남기 선배의 삶과 죽음을 후배들에게 알리자는 차원에서 열리는 명예졸업식이라는 설득에, 백남기 농민의 가족은 결국 명예졸업장을 수락했다.

중앙대 동문 이명준은 농민운동가로 살겠다던 백남기를 회상했다. "그런 사람인 걸 잘 알지요. 백남기가 출소하고 고향에 내려가 있다기에 1981년에 보성까지 내려가 복교를 권유했어요. 근데 농민운동을 하겠다며 대학 졸업장은 필요 없다며 거절하더라고요. 그 정도의 경력이면 정치든 큰 운동 판이든 여기저기 기웃거렸을 텐데 한 번도 흔들림 없이 농민운동만 한 거예요."

"그 형님은 그냥 바위 같은 사람이었어요. 그러면서도 후배들은 참 귀하게 여겨주셨던 분이었죠. 가장 가슴 아프고 후회로 남는 건 생전에 찾아뵙고 막걸리 한잔 나누지 못한 것이에요." 후배 경영준이 늦은 후회를 토로했다.

기자 출신 후배 안영배는 1983년 여름휴가 때 백남기의 보성집을 수소문해 찾아갔던 이야기를 털어놓았다. 자신의 결혼식도 알리지 않고 철저하게 서울과의 연을 정리한 백남기였지만, '우리 집 공주 백도라지'라면서 딸아이를 안아 보이며 반갑게 맞아주었다고 한다. 그날 박경숙이 직접 담근 매실주를 나눠 마시면서 밤새 이야기를 나누었다. 특히 5.18 광주에 대해 많은 울분을 토하며, 계엄군에 끌려가 고문당한 이야기를 그제야 털어놓았다고 한다. 당시 백남기는, 아직은 농사를 배우면서 짓는 단계지만 사회에서 가장 어렵고 힘든 농촌의 현실을 바꿔나가는 데 힘을 쏟겠다고 말했다. 그날 나눈 것은 대학 선배 백남기가 아니라 농민 백남기와의 대화였다.

비록 백남기가 자신들에게는 자랑스러운 대학 선배이지만, 평생 흔들리지 않고 농사를 지으며 농민운동가로 생을 마친 것이 훨씬 더 중요하다고 백남기의 대학 후배들은 거듭 강조했다. '농민운동가 백남기'로 세상에 기억될 수 있게 해달라는 주문이었다.

04

보성 사람 백남기

1981년 봄 백남기는 삼일절 특사로 가석방되어 고향 보성으로 돌아왔다. 그가 살았고, 지금은 박경숙이 지키는 보성의 집은 백남기 조부모가 살던 집이었다. 여기에서 태어나 몇 년 살았지만 주로 광주에서 성장했다. 가석방된 백남기는, 광주도 아니고 대학도 아닌 보성으로 돌아왔다. 농사를 짓겠다고 결심했기 때문이다. 백남기는 당시 반체제 정치범인 데다 가석방 출소였기 때문에 정치활동 규제라는 꼬리표를 달고 있었다. 그는 자신의 미래를 고민하면서 잠시 노동운동에 투신할까도 고민했지만 자신의 쓰임이 있을 곳은 농촌이라고 생각했다.

농촌에서 나고 자라기는 했지만 부모님이 농민은 아니었기 때문에 그도 농사를 잘 몰랐다. 그래도 수도원에 있을 때 포도농원에서 3년간 일했던 경험을 밑천 삼아 밭농사부터 논농사까지 배워가며 농사를 지어보기로 했다.

30대 중반에 접어든 아들이 감옥에서 나와 집에 있으니 어른들은 조바심을 냈다. 결혼부터 하라고 다그쳤지만, 백남기는 단호하게 거부했다. 나는 직업도 없고 모아놓은 돈도 없으며 하다못해 의지할 형제도 한 명 없는데 징역살이까지 했다, 어머니 같으면 나 같은 놈에게 딸을 보내겠냐, 이렇게 말하며 결혼 얘기는 꺼내지도 못하게 했다. 그러다 결국 그해 가을, 등 떠밀려 나간 맞선 자리에서 박경숙을 만났다. 생애 첫 맞선이자 마지막 맞선이었다.

"처음 만난 자리에서 고문당한 이야기를 하더라고요."

만나자마자 고문당하고 징역살이한 과거, 대학 졸업장도 따지 못한 이야기를 먼저 털어놓은 까닭은 백남기의 양심선언이었을 것이다. 출세도 풍요도 없을 것이 뻔한 농민의 삶을 살아갈 것임을 먼저 밝힌 것이다. 박경숙은 맞선 자리에서 고문당한 이야기를 덤덤하게 털어놓는 백남기를 보며 처음에는 당황했다. 하지만 그 고초를 겪고도 저렇게 온화한 말투와 인상을 가진 것에 끌렸다고 했다. "한 명은 바보고 한 명은 모자라서 함께 살았지."

박경숙도 농사를 지어본 적이 없었다. 김제 출신이긴 하지만 전주에서 주로 살았다. 보성 집 건넌방에 고이 보관된 박경숙의 옛날 앨범을 펼쳐본다. 박경숙의 친정 큰어머니 생신잔치에 조카딸들이 고운 한복을 입고 찍은 단체사진이 눈에 띈다. 그 시절 여식들에게까지 비단 끊어 한복을 맞춰 입힐 정도면 살림 넉넉한 집안에, 곱게 자란 아가씨였을 터. 박경숙의 학창시절과 처녀 적 사진 속에서는 도도함마저 엿보였다. 네잎클로버나 작은 꽃을 말려 앨범에 장식해둔 솜씨와 혼수로 가져온 '싱가미싱'까지, 박경숙의 청춘이 어떠했을지 미루어 짐작할 수 있다.

그런 박경숙이 보성 골짜기로 온 것은 운명이었을까. 구석방에

책상 하나 놓고, 돈 쓰는 일은 정치, 역사, 철학 책 사는 것밖에 없던 남자와 살러 보성 부춘마을로 들어왔다. 맞선을 본 지 두 달 만인 1981년 11월이었다. "내가 이런 델 살아봤으면 엄두가 안 났을 거인디, 아예 몰랐으니까. 버스도 안 들어오고 이 골짜기에 뭘 볼 게 있다고 들어왔나 몰라." 아직도 부춘마을에는 군내버스가 하루에 세 번 드나든다.

끝내 남편은 몰랐던 빚

1982년 장녀 백도라지가 태어났다. 그리고 1983년 백남기는 정치활동 규제에서 해금되었다. 농사일도 조금씩 손에 붙기 시작했다. 때마침 보성 지역에 소나무병이 돌아 뒷산의 나무를 베어내고 땅을 개간하자 6,000평 정도의 땅이 생겼다. 백남기는 이 땅에서 새로운 농사에도 도전하기로 했다. 땅이 넓으니 소를 풀어 키워보기로 한 것이다.

1960년대 초반까지도 농촌에서 축산의 위상은 부업이거나 자가소비용으로 가축 몇 마리를 키우는 정도에 불과했다. 1962년 정부가 발표한 경제개발 5개년 계획에 '축산장려 5개년 계획안'이 포함되면서, 축산업은 국가가 적극 개입하는 영역이 되었다. 국민소득이 증가하고 육류 소비량이 늘어나면서 조금씩 확장되던 축산업은, 1970년대 이후 본격적으로 사육 마릿수가 증가하면서 축산 전업농가가 속속 등장했다. 1981년에는 정육점 개설이 허가제에서 신고제로 전환되면서 소비자는 더욱 쉽게 고기를 접하게 되었다. 소나 돼지, 닭을 길러 돈 좀 만졌다는 농민들 이야기가 언론에서도 나왔고 소문으로도 들렸다.

1970년대부터 농업정책은 저곡가 유지를 위해 본격적인 개방농정으로 방향이 잡혔다. 도시 노동자의 저임금을 유지하기 위해서는 농산물 가격이 싸야만 했다. 만만한 건 농민이었다. 식품산업과 사료산업의 주요 원료인 밀과 콩, 옥수수, 원당은 국가가 나서서 수입을 추진하고 대기업들이 이 원료를 독점 가공했다. 결국 식량 생산과 식품 원료 공급처라는 역할을 빼앗긴 한국의 농촌과 농민의 형편은 나빠질 수밖에 없었다. 식품 생산이든 사료 생산이든 국내 농업에 기반을 두지 않으니 예견된 결과였다. 대량으로 생산된 값싼 식품 공급이 확대되어 그나마 도시 노동자들은 적은 봉급으로 버텼다. 노동자들의 봉급 수준을 낮게 유지하려면 반드시 농산물 값이 싸야 했고 이를 저곡가정책이라 부른다. 정부는 농산물 값이 조금이라도 오를 기미가 보이면 바로 수입을 결정해 가격을 떨어뜨려놓곤 했다.

상황이 이러니, 아무리 농사를 지어도 농촌과 농민의 형편은 나아지지 않았다. 특히 쌀과 채소를 중심으로 하는 중규모 이하의 경종농가가 농촌에서 살아남을 길이 묘연했다. 논과 밭에서 생산한 1차 생산물은 시장에 내놓아도 값을 제대로 받을 수 없었다. 이미 소비자들은 기업에서 생산하는 식품들로 국내산 농산물을 손쉽게 대체할 수 있었기 때문이다. 농사를 지어 생계를 유지할 수가 없게 되자 많은 농민이 도시로 나가 하층 노동자가 되었다. 농

보성 부춘마을의 백남기 농민 자택.

촌에 남은 농민들은 너 나 할 것 없이 환금성이 높은 원예와 축산에 도전했다. 특히 소규모 농지를 가진 농민들은 정부가 말하는 축산의 장밋빛 미래에 마음을 빼앗겼다.

전두환 군사정권에 들어서는 '복합영농'으로 농가소득을 올리라며 축산업을 더욱 노골적으로 밀어붙였다. 축사를 짓고 가축을 들인다고 하면 농협이 빚을 내주었다. 축산업은 사료와 동물약품, 축산기계와 시설 장비 등 연관 산업이 함께 촉발되는 농업 분야이기 때문에 산업 육성에 용이했던 것이다. 한마디로, 투자비용이 많이 들어가는 농업이 축산업이었다. 따라서 현금이 부족한 농민들이 축산업에 진입하려면 빚을 내는 수밖에 없었다.

젖을 많이 내는 홀스타인 젖소는 이미 국내에서 광범위하게 길러지고 있었고, 고기용(육우)으로 헤어퍼드, 앵거스 등 입에 붙지도 않는 외국산 송아지를 뉴질랜드와 캐나다에서 들여왔다. 외국산 송아지와 농협 융자가 1+1 방식으로 농촌에 풀렸다. 농협에서는 5년 거치 5년 분할상환의 조건으로, 무려 무이자로 자금을 빌려주었다. 농민들은 일단 빚으로 송아지와 사료를 사서 정성껏 키웠다. 소로 키워 팔아 빚을 갚아나갈 꿈을 꾸면서. 하지만 결과는 소값 폭락이었다. 농민들이 수입 송아지를 기르고 있는 동안 전두환은 15만 마리의 외국 소와 78만 마리분의 쇠고기를 수입했다. '소값이 개값'(당시 농민들의 구호)이 되었다. 농가가 입은 피해는 소 한 마리당 70만 원에서 80만 원 사이였고 농가당 평균 300만 원의 적자를 보았다. 전체적으로는 약 2조 원에 달했다. 여기에 더해, 부통령이라고까지 불리던 전두환 동생 전경환이 임신한 상태의 고기용 소 '샤로레'를 호주에서 들여온 것이 1982년. 배로 실어 온 샤로레는 한국에 적응하지 못해 폐사율이 6%에 이르렀고 이는 고스란히 농가의 부담으로 남았다.

이미 바닥인 소값에 전경환의 수입 소가 보태져 축산 농가에 결정타를 날렸다. 퇴로가 없었다. 축산 농민들은 축사에 소를 두는 대신 자신의 목을 매달았다. 1985년 4월 21일에는 충북 청원 서형석 농민이 소값 폭락에 항의하며 '농민도 할 말은 해야 한다'라는 유서를 남기고 스스로 목숨을 끊었다. 같은 해 7월 전남 함평 우시장에 소를 팔러 나왔던 김영천 농민은 자신의 소를 때려죽이고 말았다. 우시장에서 거래되는 암송아지 한 마리 값이 19만 원, 어미 소 한 마리는 45만 원이었다. 105만 원을 주고 산 송아지를 3년 동안 길렀는데 60만 원을 손해 보게 된 상황이었다. 들인 공력은 아예 계산도 하지 않았는데 말이다. 이를 본 농민들은 함께 분노했고 죽은 소를 경운기에 싣고 함평군청으로 향했다. 전국에서 동시다발로 소를 끌고 나와 관공서로 향했다. 소값 보장을 외치는 동시에 농축산물 수입 반대를 외쳤던 '소값 하락 피해보상 투쟁'은 1980년대 농민운동사에 가장 큰 족적을 남긴 사건이다.

1983년 백남기 농가가 젖소 여섯 마리를 들였을 때가 이런 상황이었다. 소값도 바닥인 데다 젖을 내리려면 수정이 잘 되어야 하건만, 송아지는 어쩐 일인지 자리를 잡지 못하고 자꾸 죽어서 태어났다. 죽은 송아지를 치우는 일이 부부에겐 또 다른 고통이었다. 3년여를 고군분투하면서 소를 길렀다. 하지만 막내딸 민주화를 가졌을 때, 박경숙은 더 이상 사산한 송아지를 볼 수가 없었다.

결국 소를 이웃 농가에 넘기고 축산업에서 손을 떼고 말았다. 송아지를 들일 때 빌린 입식 비용과 사료 값이 백남기 부부의 첫 농가부채인데, 이 빚이 계속 불어나 지금까지 그대로 남아 있다.

농사지으며 빚을 지었을 때가 어디 그때뿐이겠는가. 하지만 박경숙은 백남기가 눈을 감을 때까지 집에 빚이 얼마인지 말한 적이 없다. "뭐할라고 말을 한다요. 안다고 갚아지지도 않을 거이고, 속만 상하시지. 누워 계실 때, 그거 끝까지 말 안 한 게 다행이라 생각했어유." 막걸리 몇 병, 외출용 흰 고무신 한 켤레, 집에서 신는 검정 고무신 한 켤레, 약간의 책. 이것 빼고는 욕심 없던 사람이 열심히 살았어도 쌓인 빚이라 원망할 수도 없었다.

"그래도 빚이 있으면 사람 마음이 늘 쫄리거든. 아무리 농협 빚이어도 맘 놓고 뭘 사 먹고 입기가 그래요. 그러다 어느 날 도라지 아빠 생일인데 어차피 이거 먹어도 빚이고 안 먹어도 빚이다 싶어서 갈비찜을 처음으로 해봤어요. 갈치토막이나 얹어드리던 생일상도 서럽고 그래서. 한 짝을 샀던가. 기름을 발라냈더니 너무 조금 나오는 거야, 식구는 많은데. 갈비찜을 해드렸더니 그렇게 맛있게 잡숫더라고. 이제 이렇게 고기가 흔한 시절인데 잡술 양반이 안 계시네."

가톨릭농민회와 백남기

보성의 농민운동 후배들이 백남기에 관한 이야기를 투쟁 기록단에 들려주던 때다. "형님은 가농주의자였어요." 전농에 함께하지 않은 것이 섭섭해 많이 싸웠다는 최영추가 불쑥 말했다. 권용식이 웃으며 맞받아친다. "아뇨. 백 회장님은 생명주의자." 모두 울다가 웃었다.

1976년, 고구마 주산지인 함평군의 농민들은 고구마 전량 수매를 약속한 농협을 믿고 상인들에게 고구마를 넘기지 않은 채 농협의 수매를 기다렸다. 하지만 농협은 생산된 고구마의 40% 정도만 수매했고 추위에 약한 고구마는 대책 없이 썩어갔다. 이에 당시 창립 10주년에 접어든 가톨릭농민회가 '함평 고구마 피해보상 대책위원회'를 꾸렸고, 끈질긴 투쟁 끝에 1년 7개월 만인 1978년 4월 29일 피해보상이 이루어진다. 이는 가톨릭농민운동사에서도, 한국농민운동사에서도 가장 중요한 역사로 기록된다. 서슬 퍼런 박정희 독재정권하에서 농민이 승리한 첫 번째 싸움이기 때문이다.

이후 한국에서 가장 규모가 크고 대표적인 농민운동조직으로 자리 잡은 가농은 1978년 정부에서 권장한 통일벼 품종인 '노풍'이 냉해를 입자 '노풍 피해보상 운동'을 펼쳤다. 이어 1982년 '농지세 철폐 운동', 1983년 '농협조합장 직선제 쟁취 운동', 1985년 '소값 인상 투쟁'까지 쉼 없이 박정희와 전두환 군부독재에 맞섰다. 이미 가톨릭 세례를 받은 신자였던 백남기도 1986년 가톨릭농민회에 정식 입회해 본격적인 농민운동에 나섰다.

농민운동을 하고 싶다고 해서 아무나 할 수 있던 시절이 아니었다. 농민운동가들의 요람이었던 가톨릭농민회에 가입하려면 일단 여러 차례의 교육을 받아야 했다. 현장교육과 더불어 여러 차례의 세미나와 간담회로 이루어진 교육 프로그램이었다. 가농 22대 회장이었던 임봉재(임기 2010~12년)는 1986년 가농 전국본부에서 열린 교육에서 처음 만난 백남기를 이렇게 기억하고 있다.

"아주 날카롭고 예민한 사람이었어요. 교육 중에 질의·응답 시간이 되면 눈에서 빛이 뿜어져 나왔거든. 젊은 형제가 대단했지. 그런데 쉬는 시간에는 완전히 다른 사람인 거야. 말을 참 재밌게 하고 그래서 오래전부터 만나온 사람 같았지. 광주 쪽에 출장 가면 꼭 이 집에서 신세를 졌어. 내가 복이지, 그런 사람을 만났다는 게. 집회를 열거나 하면 백 형제는 절대로 앞에 나서는 건 안 하려 했어. 그런데 일을 맡게 되면 그 책임감이 아주 대단했어요. 집회에서 만나면 '누님, 누님 나 여기 왔어!' 이러면서 손을 반갑게 흔들었는데, 그날(민중총궐기대회)도 그렇게 날 불렀으려나. 그런데 그날은 내가 못 봤어."

1987년 이후 민주화 물결이 거세지면서 대중운동조직들이 생겨나기 시작했다. 1989년에는 전국교직원노동조합이, 1990년에는 민주노총의 전신인 전국노동조합협의회가 창립된다. 한국 사회의 운동 역량이 폭발적으로 커지던 시기였다. 농민운동의 역량도 많이 축적되었다. 수세 거부 투쟁이나 농산물 수입개방 반대 투쟁 등 그 규모나 내용이 이전의 농민운동보다 훨씬 더 확장되었다. 가톨릭농민회나 기독교농민회처럼 종교를 앞세운 농민운동조직이 아닌, 모든 농민을 아우를 수 있는 통일된 대중농민운동조직의 필요성이 본격적으로 제기되었다.

1987년 '민주쟁취국민운동 전국농민위원회'가 결성되고 농축산물 수입개방 반대 전국농민대회를 열었다. 1988년에는 고추 피해보상과 의료보험 개혁을 촉구하는 전국농민대회를 열었다. 1989년에 전국농민운동연합을 창립한 데 이어 1990년 4월 전국 농민회총연맹을 결성했다. 전농의 초대 의장은 1986년 가톨릭농 민회 전국회장을 지냈던 권종대였다. 당시 전농에서 활약한 농민 운동가 중에는 가톨릭농민회와 기독교농민회 회원 출신이 많았 다. 또 전농의 전신인 '전국농민운동연합' 초창기에는 가농과 기 농에서 재정과 교육을 분담해 맡고 실무자를 파견하기도 했다. 전 농은 전국농민회의 연맹조직으로, 9개 도연맹과 100개 시·군지 역의 농민회가 기본 줄기고 기초 조직으로 읍면동 지회와 마을 분 회가 있다.

보성이라고 이런 분위기에서 벗어나 있지는 않았다. 백남기와 함께 가농에서 활동하던 많은 동료가 전농 출범에 힘을 모았고, 또 소속을 옮기기도 했다. 전농의 출범 논의가 한창이던 1988년 당시 가톨릭농민회 보성·고흥협의회 회장을 맡고 있던 백남기는 가톨릭농민회 잔류를 택했다. 전농이 출범한 1990년에는 가톨릭 농민회 전남연합 회장을, 1992년에는 가톨릭농민회 전국 부회장 을 맡아서 묵묵하게 소임을 다했다.

쌀은 지키고 보리와 콩은 더 먹고 밀은 살리자

전농이 출범한 후 가농은 생명공동체운동을 목표로 내걸고 '우리밀 살리기 운동'을 펼친다. 1984년에 보리와 함께 대표적인 하곡인 밀 수매를 정부가 중단하면서 그나마 명맥을 유지하던 국산 밀 농사가 절멸을 맞는다. 국산 밀이 아니어도 밀가루가 지천인 세상이었다. 도시의 노동자는 비싼 쌀밥 대신에 라면으로 끼니를 때웠다. 그 노동자들이 저곡가를 견디지 못하고 농촌에서 올라온 농민들의 자식이었으니, 자신의 고향과 부모를 등지고 밥을 번 셈이다. 이것이 한국 산업화의 근본적인 고통이다. 농민의 자식들이 농촌을 버려야만 버틸 수 있었던 것이다. 한국은 농촌의 처절한 희생 속에서 만들어진 나라다.

1989년 당시 가톨릭농민회 광주·전남 회장을 맡고 있던 백남기는 우리밀이 사라지는 것을 크게 우려했다. 그리고 우리밀 종자를 어렵사리 구해 자신의 밭에 뿌렸다. 그때 국내 최초의 생협조직인 한살림과 가농의 몇몇 뜻있는 농민이 우리밀의 명맥을 유지하기 위해 농사를 짓고 있었는데, 그들로부터 얻은 종자였다. 백남기는 보성에서 우리밀 농사를 지은 첫 번째 농민이었다.

어떤 약을 쳐서 키우고 얼마나 묵었는지 모르는 수입 밀은 안전성 문제를 가질 수밖에 없다. 하지만 백남기는 우리밀을 살리는 것이 생명운동의 핵심이라 믿었다. 제2의 주식으로 자리 잡은 밀의 주권이 다국적 곡물기업에 완전히 넘어가는 것은 식량주권의 완전한 포기와도 같았기 때문이다. 비록 밀 자급률이 1% 남짓일 뿐이라 해도 100%를 다 내줄 수는 없다는 몸부림이 우리밀 살리기 운동에 담긴 정신이다.

가톨릭농민회 전국본부는 1991년에 조직사업으로 우리밀 살리기 운동을 펼치기로 한다. 백남기는 1992년 '우리밀 살리기 운동 광주·전남본부' 창립을 주도하고 1994년에는 회장까지 맡아 주민들에게 밀농사를 함께 짓자고 설득했다. 그 이전에는 벼를 거둔 다음에 주로 보리를 심었지만, 주민들을 설득해 밀을 심게 했다. 하지만 언제나처럼 수매가 문제였다. 백남기는 지역의 밀 수매를 책임지고 있었다. 그러나 우리밀에 대한 낮은 인지도 탓에 소비가 많지 않았다. 그런 상황에 수매까지 책임졌으니, 우리밀 농사를 짓고 나서 금전적으로 더욱 쪼들리는 상황이 되었다.

그럼에도 백남기는 우리밀뿐만 아니라 콩농사에도 집중했다. 밀을 걷고 난 다음에는 뒷산에 콩을 심었다. 수확한 콩으로는 메주를 쑤어 장을 담갔다. 메주를 만들고 장을 담가 우리농촌살리기 운동본부에 공급해 살림살이에 보태기도 했다. 백남기 농민은 '쌀은 지키고 보리와 콩은 더 먹고 밀은 살리자'라고 농사의 결을 정한 뒤 동료와 후배들을 독려해 함께 밀농사와 콩농사를 지었다. 백남기 농민이 고향 보성에서 마지막으로 한 일도 아내 박경숙과 함께 백중밀 씨앗을 손으로 일일이 파종한 것이었다. 우리밀 농가 다수가 기계 파종을 하지만 백남기 농민은 이번만큼은 손 파종을 고집했다. 기름을 많이 쓰는 농업에 대한 고민을 많이 하던 차였다.

"내가 가농 전국회장 임기가 끝날 즈음인 2011년 연말에 백 형제한테 전국회장을 맡아달라 부탁하려고 보성까지 내려갔어요. 백남기는 농산물 하나 더 내서 돈 벌겠다는 사람이 아니었어요. 가톨릭농민회 정신과 원칙을 지키려던 사람이었으니까. 이런 사람이 가농 회장이 돼야 가농이 하려는 생명운동이 되겠더라고. 그런데 끝내 사양하셨어요. 내가 박경숙 여사까진 잘 삶았는데 말이야."

백남기의 평생 동지인 임봉재는 박경숙과도 평생지기다. 두 사람이 백남기를 매개로 처음 만났을 때 새댁이던 박경숙은 이제 '지오 할머니'가 되었고, 농민운동 최초의 여성 수장이었던 임봉재는 머리에 서리가 하얗게 내려 팔순이 머지않았다. 두 사람은 산청 임봉재 회장의 집에서 마주 잡은 손을 놓지 못하고 울고 웃으며 이야기를 나눴다.

임봉재 회장이 부춘마을에 와 백남기에게 가농 전국회장을 권유할 때, 박경숙은 남편에게 이제 후배들에게 모든 자리를 양보하고 물러서야 할 때라고 조언했다. 그래도 그가 나서야 할 일이라면 또 조용히 지켜볼 참이었다. 하지만 백남기가 가농 전국회장 맡는 걸 끝내 거절한 속내는 따로 있었을 거라는 데 두 사람의 의견이 같았다.

"지금 생명운동이라고 내세우며 가농에 몸담고 있는 사람들한테 많이 실망했던 것 같아. 생명운동이란 것이 하루아침에 이루어지는 것도 아니고 돈이 되는 것도 아니고 묵묵하게 해나가야 하는 일인데, 지금의 가농이 그렇지 못한 면이 있거든. 백 형제가 그걸 아셨던 것 같아요. 말없이 원칙대로 일하는 그분 성품에 지금의 가농을 감당할 수 없었을 것 같아. 뜻이 아니라 실리를 챙기려는 분위기가 가농에도 분명 있으니까. 그래도 나는 백남기 형제가 너무 아까워. 혹여 전국회장이라도 맡아서 진두지휘하는 역할이었으면 그날 그런 일을 안 당했을까 싶어서. 모든 것이 하느님의 뜻이겠지만."

"백남기 형제 그렇게 갔지만, 부활했으니 기뻐할 거야. 우리 기뻐하자, 기뻐하자고!"
가톨릭농민회 전 회장 임봉재.

최초의 주민 직선 이장

박경숙은 남편과 함께 씨를 뿌렸던 밀밭으로 투쟁 기록단을 안내하면서 무심결에 한마디를 한 후 눈물을 흘렸다. "그 양반 가시고 풀이 엉망이에요. 그 양반 계시면 다 깨끗하게 깎아서 수월하게 드나들 수 있을 텐데. 동네가 지저분해요." 동네 풀은 다 깎아주면서 우리집 일엔 신경 안 쓰냐는 아내의 지청구에도 "우리 여보밭에 가실 때 편하라고 풀을 깎았제"라며 웃던 백남기였다.

그렇게 평생 큰 소리 한 번 안 내며 늘 온화한 웃음만 보이던 백남기였지만, 그 웃음이야말로 백남기의 강력한 무기였다. 1992년, '보통 사람' 노태우가 정권을 잡고 '물태우'라는 별명과는 달리 역시나 폭압적인 정치를 펼치고 있었다. 지역 자치라는 개념은 기억조차 희미한 시대였다. 관선과 파견이 전부였다. 하다못해 마을 이장조차 면장이 임명했고, 자치의 실핏줄 같은 마을 단위에까지 정권의 끄나풀을 만들었다. 그로써 체제를 공고히 하려 했다.

1992년에 백남기는 보성군 웅치면 면장이 '유산리' 이장을 임명하는 것에 반대하고 나섰다. 이장은 마을 주민들이 직접 뽑아야 한다고 주장한 것이다. 결국 마을 회의에서 백남기가 이장으로 선출되었으나, 웅치면장이 임명한 관선 이장과 '직선 이장' 백남기가 동시에 활동하는 상황이 벌어졌다. 면사무소에서 열리는 이장 회의에 참석하라는 연락을 받은 적은 당연히 한 번도 없었지만, 직선 이장 백남기는 꼬박꼬박 참석했다. 그에게는 의자도 회보도 내주지 않았지만 스스로 의자를 들고 가서 옆 사람 회보를 보면서

꿋꿋하게 회의에서 버텼다. 그리고 부당한 일을 조목조목 따질 때
는 말문을 꼭 이렇게 열곤 했다. "경외하고 존경하올 면장님과 이
장님들께 한 말씀 올리겠습니다."

군청과 농협 앞마당은 농민들의 단골 집회장소다. 경찰이 출동
하고, 이래저래 충돌 과정에서 욕설도 오가고 몸싸움도 벌어지게
마련이다. 서로 씩씩거리면서 감정이 가라앉지 않은 채 집회가 마
무리되면, 백남기는 경찰들과 군청, 농협 직원들에게까지 떡과 막
걸리를 대접했다. 싸울 수밖에 없는 때가 많아도, 함께 고향에서
살아가는 이웃이라서다.

백남기가 유명을 달리하고 고관들이 그의 집에 드나들었다. 한
사코 방문을 거절해도 경찰서장과 경찰청장이 오기도 했고, 장관
이 오기도 했다. 가족들의 감정이 다스려지지 않아 만나고 싶지
않아도, 그들의 방문은 집요했다. 그럼에도 찾아온 사람 빈손으로
돌려보낼 수가 없어 박경숙은 고구마와 직접 말린 곶감이라도 손
에 들려 보냈다. 백남기와 함께 사는 동안 굳어진 성정이다.

때로는 펴지지 않는 형편에 한숨짓는 아내에게, 때로는 일이 잘
풀리지 않아 고민하는 동료들에게 "걱정하지 마, 모든 일이 잘되
게 돼 있어"라며 힘을 북돋던 이가 백남기 농민이다. 대책 없이 흩
뿌리는 말이 아니었다. 일이 되게끔 부단히 실천하고 노력했다.
그리고 조용히 웃으면서 사람들에게 힘을 주려고 애썼다. 학생운
동을 할 때에도, 농민운동을 할 때에도, 백남기는 자신의 존재를
낮추고 이웃과 함께 '생명과 평화'만을 구하고자 했다.

백남기 농민의 밀밭. 밀을 거둔 자리에 콩을 심었다. 주인 잃은 밭에 잡풀도 무성하다.

05

농민의 살값, 쌀값 21만 원

2015년 11월 14일 토요일, 서울에서 '민중총궐기대회'가 열렸다. 53개 노동·농민·시민사회단체가 주최한 이 집회에 13만 명(경찰 추산 8만 명)이 참가했다. 2008년 광우병 촛불집회 이후에 가장 큰 규모의 참가 인원이었다. 이런 규모의 집회가 된 것은 우연이 아니다. 준비 기간이 무려 1년이었다.

함께 모여 외쳐야 했던 이유

전국민주노동조합총연맹(이하 민주노총)이 주최하는 노동자대회는 매년 11월 13일 전태일 열사 기일에 맞춰 추모제를 겸해 열린다. 11월 13일이 평일이면 11월 13일 직전 주말에 열린다. 이틀에 걸쳐 토요일엔 문화제 형식으로 전야제가 열리고 다음 날 일요일에는 본대회가 열리는 최대 노동집회다. 2015년에도 노동자대회가 따로 열렸다면, 11월 7일 토요일에 전야제가, 8일에 노동자대회가 열렸을 것이다.

전농 주최의 농민대회는 추수가 끝난 다음에 11월 중순이 넘어서 열리곤 했고, 전국노점상대회의 경우 6월 전후에 개최되곤 했다. 각각의 대회가 열릴 때면 각 조직의 대표들이 참석해 연단에 올라 연대사와 축사를 전하긴 했지만 대회 자체는 따로 열렸다. 하지만 2015년에는 11월 14일이라는 날짜에 맞춰 처음부터 53개 민중운동단체가 함께 준비를 했다.

민중총궐기대회 공동대표를 맡았던 민주노총 한상균 전 위원장은 10만 정도의 참가 규모를 충분히 예측했다고 말했다. 노동의 문제만이 아니라, '힘들다'는 정도의 일이 아니라, 더 이상 추락할 곳이 없는 상황에 대한 공감이 컸다. 세월호 참사의 진상 규명은 첫걸음도 떼지 못했고, 국정 역사 교과서 집필과 배포도 단행될 참이었다. 한일 위안부 합의 문제로 국민의 분노가 들끓었지만 합의 과정조차 제대로 파악할 수 없었다. 사드(THAAD: 고고도 미사일 방어 체계) 배치 문제로 한반도의 긴장감이 고조되고 배치 예정 지역에서는 주민 간의 갈등이 깊어지고 있었다. 생존권의 문제가 여기저기서 터져나온 지는 오래되었다.

한상균은 이제 노동자도, 농민도, 빈민도 아닌 노예로 전락할 일만 남은 상황이었기 때문에 힘을 모아야 하는 이유는 절실했다고 말한다. 양질의 일자리는커녕 기존의 일자리에서도 쉽게 쫓겨나면서 노동기본권은 가장 많은 침해를 받고 있었다. 농업은 더 이상 떨어질 절벽도 없는 상태였다. 쌀값이 한 가마니에 15만 원도 되지 않는데 밥쌀까지 수입되어 시중에 풀리자 농민들의 절망과 분노는 끝을 모르고 끓어올랐다.

당시 민중총궐기대회의 공동대표들 모두, 기존에 하던 방식 그대로 집회를 열거나 각 조직이 따로 사안별로 싸워봤자 박근혜 정권은 꿈쩍도 하지 않는다는 사실을 이미 경험으로 알고 있었다. 오히려 정권의 폭압성만 더욱 강해져 감당하기 어려울 정도로 짓밟아놓을 것이 뻔했다.

"농민, 노동자, 빈민, 청년 학생들을 모두 모아야 한다는 건 필연이었습니다. 전농 김영호 의장님 말씀을 들어보니 농민들도 역대 그 어떤 집회보다 많이 상경할 거라 했어요. 농민 어르신들이 지팡이와 보행기에 의지하면서까지 상경하시겠다는데, 노동자들은 더 많이 모여야죠. 그해 봄부터 대회 조직하려고 미친놈처럼 뛰어다녔어요. 회의적인 반응이 왜 없었겠습니까? 너무 많은 싸움에서 졌고 탄압이 극악했는데."

그렇지만, 2015년 연초부터 현장을 돌던 한상균은 이번만큼은 절대 밀리지 않을 것이라는 확신이 들었다. "지도부가 결심하면 우리는 한다"는 말을 곳곳에서 듣기도 했고, 정말 제대로 싸워보고 싶었다. 그래서 그해 지도부 위치에 있는 사람들은 더욱 열심히 바닥을 훑고 다니면서 수많은 연대회의를 열며 민중총궐기대회를 준비했다.

박근혜 정부의 밥쌀 수입 전면 개방에 반발하며 2014년 9월 27일에 열린 전국농민대회.
농민들은 정부가 농업과 식량주권을 포기한다며 비판했다.

말문이 닫힌 시간

처음부터 싸움의 구도는 명확했다. 상대방은 이제 집권 4년차에 접어들 박근혜 정권이었다. 그를 지지하는 세력은 광기에 가까운 행보를 보였다. 인륜을 저버리는 모욕행위도 서슴지 않았다. 자식을 잃고 진상 규명을 외치며 목숨을 건 단식을 하는 세월호의 부모들 앞에서 가짜 단식이라 조롱하며 치킨과 피자를 먹었다.

말문이 막힌 시간이었다. 가위에 눌린 시간이기도 했다. 말에도 문이라는 게 있고, 그 문을 열어야만 음성이 터져나오고 의미를 전할 수 있을 텐데, 처음부터 입도 뻥긋하지 못했다. 굳게 닫힌 문을 열려면 문고리가 어디 있는지 가늠이라도 되어야 하지만 아예 만져지지조차 않았다. 어쩌면 그 문은 처음부터 벽에 그려진 그림이었는지도 모른다. 노동, 농민, 빈민, 청년, 인권, 여성, 통일, 환경 등 전체 시민사회는 꽤 긴 시간 동안 열패감에 빠져 있었다. 노숙 농성이나 삭발, 단식 정도는 눈에 띄지도 않았다. 세월호 희생자 단원고 2학년 10반 김유민의 아버지 김영오 씨는 46일간 단식을 했고, 시민들의 동조 단식이 이어졌다. 기아자동차, 화물연대 등 노동자들은 더울 땐 가장 덥고 추울 땐 가장 추운 크레인이나 첨탑으로 올라갔다. 쌍용차와 유성기업 등 수년 동안 장기 농성을 벌이고 있는 사업장도 많았다. 삼보일배며 오체투지며 몸으로 할 수 있는 싸움은 모두 다 해보았지만 그 절규가 닿지 않았다. 결국에는 자신의 몸을 던져 세상을 버리기까지 했지만 말문은 끝내 열리지 않았다.

2008년 광우병 촛불집회 이후 이렇다 할 대규모 대중 집회가 열리지 못했다. 이명박·박근혜 정부에 들어서면서 가장 많이 훼손된 것이 '집회와 결사의 자유'였다. 집회 신고는 그 어떤 사유로든 번번이 금지 통고가 떨어졌다. 강행할 경우 예외 없이 강력한 공권력이 투입되었다. 요지부동의 암담한 시간이었다. 그래서 2015년의 민중'총'궐기대회가 절실했다. 함께, 많이 모여야만 두려움을 넘어설 수 있고, 그래서 꼭 해내야 할 일이었다.

농민의 살값, 쌀값 21만 원

전농 의장 김영호가 2015년 민중총궐기대회에 역대 어떤 집회보다 많은 농민이 참여할 것이라 장담한 이유가 있다. 농민들의 구호가 '쌀값 21만 원 보장하라!'였기 때문이다.

'쌀값 21만 원 보장'은 본래 2012년 대선 당시 박근혜의 공약이었다. 민중총궐기대회 무렵 쌀값은 한 가마니에 평균 15만 원대였다. 쌀 최대 산지인 전라도의 쌀값은 한 가마니당 14만 원에서 12만 원선까지 주저앉았다. 공깃밥 값으로 따져보면 한 그릇에 200원인 상황이 20년간 지속되었다는 뜻이다. 농민들이 요구한 쌀값 21만 원은 1킬로그램당 3,000원이다. 공깃밥으로 따지자면 한 그릇당 100원을 더 쳐서 300원을 보장해달라는 요구였다. 국민 생활비에서 쌀값이 차지하는 비중은 1인당 1만 원 정도, 물가상승의 요인도 되지 않았다.

대통령 후보로 나선 박근혜는 농업을 직접 챙기겠다며 그 상징으로 쌀값 21만 원 보장을 공약으로 내걸었다. 그리고 농촌 주민들의 절대적인 지지 속에서 박근혜 정부가 탄생했다. 훗날 쌀값 21만 원을 보장하겠다는 대선 공약을 지키라는 항의에, 박근혜 정부는 그런 공약을 한 적이 없다고 발뺌하기에 이른다. 박근혜뿐만이 아니었다. 대선 후보들 모두가 쌀값 보장을 약속했지만 결과는 밥쌀 수입이었다.

쌀 생산량은 늘어났지만 그만큼 소비는 받쳐주질 않는다. 이제 국민 1인당 연간 쌀 소비량은 59킬로그램 정도. 한 사람이 1년에 쌀값으로 채 20만 원도 지불하지 않는다. 쌀 말고 먹을 것이 지천인 세상이니 사실 쌀값은 농민들 외에는 관심사도 아니다. 쌀이 남아도는 이유는 사람들이 덜 먹어서만은 아니다. 수입 쌀이 쏟아져 들어오고 그나마 북한으로 찔끔 보내던 쌀마저 보낼 수 없게 되면서 쌀은 늘 남아돌았다. 추곡 수매라는 말이 어느 순간 사라진 이유도 이러하다. 국가가 관장하고 국가 차원에서 쌀을 사들이던 시대는 진즉에 끝났다. 오히려 쌀을 받아줄 수 없다며 농협과 국가가 버티고, 쌀농사를 포기하면 보조금을 주겠다고 말한다. 농민대회 연단에 오른 경상도 출신의 사회자가 "쌀값 21만 원 보장하라!"고 구호를 선창한다. 말 그대로, 쌀값은 농민의 살값이다.

쌀은 농민 자신

백남기 농민 부부도 6,500평의 벼농사를 지었다. 쌀농사를 지어 식구들 양식으로만 족하면 되는 게 아니다. 이 쌀을 팔아 돈을 사 와야 농가의 살림이 굴러간다.

농민에게 쌀은 오래도록 포한(抱恨)의 존재였다. 식량이지만 농민 자신은 감히 범접할 수 없는 것이었다. 쌀은 오래도록 농민 자신의 것이 아니라 국가의 것이었다. 세금과 공물이었고 약탈의 대상이었다. 일제강점기 때는 일제가 벌인 전쟁 때문에 빼앗겼다. 본래부터도 나 먹자고 짓는 나락농사는 아니었지만 그나마 공출로 빼앗겨야 했다. 조선 쌀은 일본 국민 중에서도 하층계급과 군대에 '외지미'라는 지위로 흘러들어갔다. 전쟁을 일으킨 황족들과 군벌들은 '내지미'라 하여 전쟁 중에도 농사를 지은 일본 쌀을 먹었다. 지금 전라도의 너른 평야와 간척지도 식민지의 역사에 닿아 있다. 일본으로 공출해 내가기 위해 농지를 확대하고 곳곳에 쌀 창고를 짓고 기찻길을 놓았다. 농민운동이 가장 격렬한 곳이 전라도일 수밖에 없던 이유도 악랄한 약탈의 역사 때문이고 여전히 그 잔재가 남아 있기 때문이다.

역사적으로 모든 농업정책은 '쌀 증산'에 맞춰졌다. 한국전쟁이 끝난 후의 농업정책도 마찬가지였다. 농촌 정비 사업의 기조는 경지 정리와 기계화, 수로 확보, 간척을 통해 논을 늘리는 것이었다. 농민들도 쌀을 팔아 논을 사들였다. 식구들 입에 쌀밥을 넣는 대신에 내다 팔아 번 돈으로 논을 늘렸다.

쌀은 단순히 경제적인 수단만이 아니다. 농수축산물의 전면적인 개방 기조에서도 '쌀'이 그나마 계속 유예 대상이 되어왔던 것은 한국 농촌과 농민에게 쌀이 차지하는 위치가 특별하기 때문이다. 쌀은 농촌 자체였고 농민 자신이었다. 모든 정권은 쌀을 건드리는 것에 부담을 느꼈다. 남아도는 쌀을 동물 사료용으로 쓰겠다고 해도 농민들은 반발한다. 제사와 명절, 조부모의 생일 외에는 쌀밥 구경을 해본 적이 없던 시대를 겪은 농민들이 여전히 쌀농사를 짓고 있다. 하여, 그 귀한 쌀을 고작 소와 돼지에게 먹일 수는 없다는 강렬한 정서가 작동하는 것이다.

따라서 쌀을 전면 개방하는 것은 민족정체성을 훼손하는 일이고 역사의 죄인이 되는 일로 여겨졌다. 하지만 이제 그런 의식도 붕괴되었다. 밥을 먹지 않아도 배가 불러 살이 찌는 세상이다. 라면과 삼겹살, 치킨과 피자, 순대와 떡볶이, 빵과 우유. 간단하고 맛있게 끼니를 해결할 음식이 남아도니 쌀과 밥의 지위가 예전 같지 않다. 국민 여론이 더 이상 쌀 수입 반대로 흐르지 않는다. 이제 정부는 국민들 눈치조차 보지 않고 쌀 수입을 주기적으로, 게다가 점점 그 양도 늘려가며 하고 있다.

2015년, 농가가 쌀값 하락으로 고통을 겪는 와중에 박근혜 정부가 밥쌀용 쌀 3만 톤과 막걸리나 떡 등에 쓰이는 가공용 쌀 1만 1,000톤을 들여오겠다고 밝혔다. 세계무역기구(WTO)에 가입돼 있는 한국은 끊임없이 쌀시장 개방을 요구받아왔다. 우루과이라운드 협상에서 전면적인 쌀 개방은 2004년까지 유예되었지만, 2004년의 재협상에서 최소시장접근의 명분으로 일정량을 수입하게 되었다. 해마다 가공용 쌀이 들어와 식품산업 전반에 쓰였다. 전통주라는 쌀막걸리의 원료는 수입 쌀이다. 가공용 수입 쌀은 과자나 떡에도 광범위하게 쓰였다. 그렇게 된 지 오래인지라 최후의 보루로 밥쌀만이라도 지키려던 것이 농민들의 마음이었다.

정부는 의무수입량이기 때문에 어쩔 수 없다는 핑계를 대곤 했다. 농민단체들이 막무가내로 쌀 개방 반대를 외친 것이 아니었다. 농민단체들은, 어쩔 수 없이 수입 할당량을 채워야 한다면 밥쌀 말고 가공용 쌀로, 또 해외원조를 활용해 국내 농업이 입을 타격을 최소화하자고 제안했다. 타협안까지 제시하며 정부와 협의해가고자 하던 차에 밥쌀 수입이 기습적으로 결정돼 농민들의 분노가 더욱 거세졌다. 정부가 내놓은 해명은 옹색했다. 밥쌀용 쌀이 민간업자 중심으로 수입되어 시중에 들어온 지 10년 정도 지났기 때문에 이미 시장에서 수입용 밥쌀의 수요가 있다는 핑계였다. 그러나 몇 년간 풍작이 이어지고 쌀 대북 지원도 막히면서 국내산 쌀도 남아돌고 있었다. 농민들은 박근혜 정부가 TPP(미국, 일본, 캐나다, 호주 등 태평양 연안의 12개국이 참여하는 광역 자유무역협정) 가입을 위해 쌀 수입의 솔선수범을 보인 것이라며 반발했다. 가장 우습게 여기는 농촌과 농민을 먼저 버린 것이라고 여겼다. 하여 2015년 민중총궐기대회에서 울려 퍼진 쌀값 보장 구호가 단순히 집회 참가용만은 아니었던 것이다.

"쌀은 지키고 보리와 콩은 더 먹고 밀은 살리자"던 백남기 농민이 아내와 함께 백중밀 종자를 일일이 손으로 파종하고 서울로 올라갔다. 쌀값이자 살값을 지키러. 수많은 백남기들이 서울로 올라간 2015년 11월 14일 토요일이었다.

06

살수의 시간

2015년 11월 14일, 민중총궐기대회를 주최하는 쪽의 결의만큼이나 그걸 막겠다는 정권의 태도도 강경했다. 민중총궐기대회를 앞둔 2015년 11월 13일, 황우여 사회부총리 겸 교육부장관, 김현웅 법무부장관, 정종섭 행정자치부장관, 이동필 농림축산식품부장관, 이기권 고용노동부장관은 공동 명의로 민중총궐기대회 엄정 대처 담화문을 발표한다. "불법 시위를 조장·선동한 자나 극렬 폭력 행위자는 끝까지 추적, 검거해 사법조치하겠다"는 선전포고문이었다. 저 연명에서 이동필 농림축산식품부장관이 눈에 띈다. 농림축산식품부장관은 정부조직법 제36조 제1항에 따라 농산·축산, 식량·농지·수리, 식품산업진흥, 농촌개발 및 농산물 유통에 관한 사무를 관장하는 국무위원이다. 즉 농업·농촌을 발전시키고 농산물 판매와 유통 등에 관여하는 것이 그의 업무다. 농식품부장관이 해야 할 고유 업무는 '쌀값 21만 원'을 보장하는 일이지 농민을 찍어 누르는 게 아닐 것이다. 그러나 농민이 대거 서울로 올라온다는 이유로, 이동필 장관은 저

선전포고문에 자신의 이름을 올린다.

갑호비상명령

경찰은 민중총궐기대회가 열리기도 전에 서울·경기·인천지방경찰청에 '갑호비상명령'을 내렸다. 갑호비상명령은 경찰비상업무규칙 중 상황의 긴급성 및 중요도에 따른 등급에서 가장 높은 단계다. "대간첩·테러, 대규모 재난 등의 긴급 상황이 발생하거나 발생할 우려가 있는 경우 또는 다수의 경력을 동원해야 할 치안수요가 발생하여 치안 활동을 강화할 필요가 있는 때" 발동된다. 예를 들어, 1968년 청와대를 습격하려던 일명 '김신조 사건' 때 발동한 명령이 '갑호비상'이다. 갑호비상이 발령되면 경찰은 연가가 중지돼 가용경력을 100% 동원할 수 있고, 지휘관과 참모는 정착(定着) 근무를 원칙으로 한다. 즉, 총 준비태세를 갖추고 대기하도록 되어 있다. 민중총궐기대회를 앞두고 갑호비상명령이 내려진 것은, 처음부터 정부가 이를 테러로 규정했음을 뜻한다. 박근혜 정권에서는 민중총궐기대회가 대규모 재난이자 테러였던 것이다.

2018년 8월 21일에 발표된 경찰청 인권침해 사건 진상조사위원회의 '고 백남기 농민 사망사건 진상조사 보고서'(이하 '2018 경찰청 인권침해 진상조사 보고서')는 민중총궐기대회에 발령된 갑호비상명령의 문제점을 이렇게 지적했다.

나아가 경찰지휘부가 수립한 경비대책은 갑호비상 예고 및 발령을 통하여 본건 집회를 치안상 비상사태로 인식하게 하고, 본건 집회가 대규모 불법 집회로 비화될 가능성이 많은 집회 혹은 불법 집회라는 선입견을 경찰조직 내부에 형성하였다. 따라서 이러한 경비대책은 집회 현장 경찰관들로 하여금 청와대 중심의 차단선 방어에 대한 압박감을 고조시킴으로써 집회 현장 경찰관들이 차단선을 수호하는 단호한 대처 이외에는 선택의 여지가 없도록 하는 주요 요인이 되었던 것으로 판단된다.

2015년 11월 14일, '갑호비상명령'이 발동됨에 따라 248개 중대 2만 명에 이르는 경찰병력이 배치되었다. 주최 측 추산으로는 13만 명, 경찰 추산으로 8만 명이 참가한 집회였으니, 경찰 기준으로 보면 참가 시민 4명당 1명의 경찰이 배치된 셈이다. 또한 경찰이 보유한 전국 19대의 살수차가 모두 서울 광화문에 모였다. 경찰병력 이동과 차벽 설치를 위해 경찰버스 679대가 동원되었고, 캡사이신 분사기 580대도 배치되었다.

그 이틀 전, 강신명 경찰청장은 시민들이 사전 집회 신고가 되지 않은 광화문광장으로 진출하거나 청와대로 향하려 할 경우 경찰버스 등 차벽을 동원해 원천 차단하겠다고 밝혔다. 교통섬이라 불리는 세종교차로를 중심으로 왼쪽으로는 서울역사박물관, 오른쪽으로는 동아일보사에서 종로1가 서린교차로, 안국역까지 차벽이 설치됐다. 집회가 시작되기도 전에 차벽으로 시위대를 에워쌌다. 종잇장 한 장 지나갈 공간만 남겨둔 그 주차 실력이 대단하다면 대단했다. 차벽 설치는 집회·결사의 자유와 이동의 자유를 처음부터 침해한 것이다. 차벽 자체가 위험해 보이지는 않지만, 평화 집회를 열겠다는 주최 측의 의지를 처음부터 꺾는 역할을 한다. 그래서 차벽 설치는 "개별적 집회의 금지나 해산으로는 방지할 수 없는 급박하고 명백하며 중대한 위험이 있는 경우에 한하여 허용"되는 마지막 수단으로 사용되어야 한다고 2011년 헌법재판소가 결정한 바 있다. 백남기 농민이 이 차벽에 연결된 밧줄을 잡아당기다 물대포의 직사 살수를 받아 쓰러졌다.

이날 차벽 설치의 작전명은 '숨구멍'. 차벽으로 시위대의 '숨구멍'을 전면 차단한다는 뜻이었다. 대학로 마로니에공원 등에서 부문 집회를 마친 시위대가 종각 방향으로 행진해 오자 서린교차로 현장지휘관인 4기동단장은 격대장에게 "숨구멍 막으세요"라고 명령했다. 이어 "숨구멍 완전 차단하세요"라고 재차 지시했다. 또한 광화문광장 일대에 배치된 2기동단은 광화문역 출구를 차단하는 일명 '솥뚜껑 작전'을 펼쳤다. 오후 4시경 1, 8, 9번 출입구 통제를 시작으로 5시 30분경 9개 출입구를 모두 차단했다. 종로3가역 방향 지하철 6대와 서대문역 방향 지하철 5대가 광화문역을 무정차 통과하면서, 시민들이 사실상 광화문역에 40여 분간 갇히는 상황이 발생했다.

봉준호 감독의 〈살인의 추억〉은 1980년대 중반에 일어난 '화성 부녀자 연쇄살인 사건'을 소재로 한 영화다. 이 영화에서 턱밑까지 추적한 살인용의자를 검거하기 위해 형사들이 애타게 경찰병력 지원을 요청하는 장면이 나온다. 바로 다음 장면에서는 전투태

세를 갖춘 경찰들이 다급하게 계단을 뛰어오르고 있다. 그 경찰들은 어디로 향하는 것일까? 연쇄살인범을 잡으러 가는 것일까? 과연 이 연쇄살인의 비극은 끝날 수 있을까? 하지만 전투화를 신은 경찰들이 뛰어오른 곳은 '닭장차'였다. 대학생들의 대규모 시위를 진압하러 방패와 곤봉을 들고 서울로 가버린 것이다. 그리고 그날 밤 다시 살인이 일어난다.

경찰병력이란 치안 수요에 따라 분산 배치되기도 하고 집중 배치되기도 한다. 그때 전두환 군사정권의 '치안 수요'는 지역의 시민들을 지키는 것이 아니었다. 오로지 자신들의 권력을 지키는 것이었다. 30년이 지난 2015년 11월 14일에도 마찬가지였다. 청와대 인근 경비를 담당하는 202경비단장 외 혜화, 용산, 성북, 동대문, 동작, 강북, 관악 8개 경찰서의 모든 인력이 청와대 인근에 배치됐다. 서울의 나머지 경찰서는 광화문 집회 장소와 한강다리 주변 경비를 담당했다. 청와대만을 지키느라 16시간 동안 서울의 치안은 공백상태였다.

2018 경찰청 인권침해 진상조사 보고서를 통해 경찰들이 당시 청와대 경호에 어느 정도 사활을 걸었는지 드러났다. "시위대가 내자, 적선, 동십자까지 도달했다면 사실상 경비 실패이며, 경복궁 이상 넘어가면 남아 있는 건 202경비대뿐으로 작전이 실패한 것이고, 문책이 따를 것을 각오해야 한다."

2015년 11월 14일 저녁 7시 56분

"길을 터주십시오! 농민들이 행진합니다!"

태평로에서 전농 주관으로 열렸던 농민대회를 마친 후 상여를 메고 온 농민들의 행렬이 종각에 들어서자 사회자의 안내에 따라 길이 열렸다. 하지만 얼마 지나지 않아 상여와 만장은 경찰이 쏜 물대포에 맞아 힘없이 부서졌고, 상여 행렬을 따르던 백남기 농민의 모습도 어느 순간 보이지 않았다.

2015년 11월 14일 저녁 7시 56분경 종로구청 입구 사거리에 대기 중이던 '충남살수09호'가 쏜 물대포를 맞고 백남기 농민이 쓰러졌다. 쓰러진 백남기 농민은 미동조차 하지 않았지만, 20초 이상 그를 향한 조준 살수가 이어졌다. 쓰러진 몸이 물대포를 맞고 바닥에서 뒤로 밀려날 정도의 위력이었다. 이날 경찰은 오후 5시경부터 집회 참가자를 향해 살수를 시작해 밤 11시 10분까지 물대포를 쏘았다. 이때 사용된 물이 총 202톤, 최루액은 440리터였다. 집회 참가자를 색출하기 위해 색소도 120리터 사용되었다.

흔히 물대포라 부르고 정식 명칭은 '집회시위 관리용 물포'인 살수차는 1980년대 말에 처음 도입되었고, 본격적으로 집회 현장에 쓰이기 시작한 때는 2006년 즈음이다. 2005년 여의도에서 열린 농민대회에 참가했던 전용철, 홍덕표 농민이 과잉진압으로 사망한 사건이 있었다. 이후 경찰이 시위대와 경찰병력이 물리적으로 충돌하는 것을 방지하겠다며 차벽과 살수차를 적극적으로 사용하기 시작했다. 하지만 이는 경찰 입장에서만 물리적 충돌을 방지한 것일 뿐, 시위 참가자들에게 차벽과 살수차는 위험한 진압 도구다. 살수차는 2008년 6월 26일 미국 쇠고기 수입반대 시위, 2011년 11월 10일 한미자유무역협정(FTA) 반대 시위, 2015년 세월호 참사 1박 2일 범국민 철야행동 시위 등에서 총 21회 사용되었고, 그때마다 시민들이 다쳤다.

2009년 10월 27일, 국가인권위원회는 2008년 광우병 촛불집회 해산 과정에서 경찰이 참가자들의 인권을 침해했다고 지적하며, 시위 진압용으로 살수차를 사용할 경우 최고 압력이나 최근거리 등 그 구체적 사용기준에 대해 부령 이상의 법적 근거를 마련하라고 권고했다. 부령은 행정 각 부의 장관이 관장하는 사무에 관해 법률이나 대통령령의 위임 또는 직권을 발하는 명령을 뜻한다. 이는 물대포 사용과 직사 사용기준을 경찰 내부에서 임의대로 정하지 말라는 뜻이다. 처음부터 법적 근거 없이 내부규정에 불과한 '물포 운용 지침'만 갖고 물대포를 임의적으로 사용해온 것 자체가 위법 소지가 있는 일이었다.

"'물포 운용 지침'은 전자제품 사용설명서보다 못한 거예요. 최소한 상품 사용설명서는 그 상품을 만든 회사가 여러 번 실험을 해서 만들어 안전한 사용에 대한 지침은 됩니다. 그래서 그 상품을 사용해 문제가 생기면 이후 법적 다툼을 할 수 있는 중요한 근거가 되거든요." '민주사회를 위한 변호사모임'(이하 민변) 백남기 농민 법률대리인단의 송아람 변호사는 사람을 죽일 수도 있는 물대포 사용 지침이 이토록 허술한 것에 당혹스럽기까지 했다고 말한다.

그토록 어설픈 내부지침서이지만, 이 규정에서도 직사 살수에 대한 사용요건은 엄격히 제한되어 있다. 첫째, 도로 등을 무단 점거하여 일반인의 통행 또는 교통 소통을 방해하고 경찰의 해산 명령에 따르지 아니하는 경우, 둘째, 쇠파이프, 죽봉, 화염병, 돌 등 폭력시위용품을 소지하거나 경찰관 폭행 또는 경력과 몸싸움하는 경우, 셋째, 차벽 등 폴리스라인의 전도, 훼손, 방화를 기도하는 경우로 국한되어 있는 것이다. 하지만 그날 백남기 농민은 쇠파이프도 화염병도 죽창도 들지 않았다. 오로지 맨손으로, 혼자서 차벽에 연결된 밧줄을 잡아당겼을 뿐이다.

경찰은 국가인권위의 권고를 들은 척도 하지 않았다. 오히려 이명박 정부의 당시 경찰청장이었던 강희락은 "살수차의 경우 '물포 운용 지침'에 따라 사용요건과 절차·살수방법 등을 구체적으로 정하여 안전하게 사용하고 있어 부령 이상의 법적 근거를 마련할 이유가 없다"며 '불수용'을 호기롭게 통보했다.

2011년 11월 22일에서 23일까지 이틀간 열린 한미FTA 반대 집회에서 한 시민이 물대포 직사 살수에 맞아 고막이 찢어졌고 또 다른 시민은 뇌진탕을 일으켰다. 두 명의 시민은 국가를 상대로 손해배상소송을 내 승소했다. 국가인권위원회는 다시 한 번 '살수 차를 집회 참가자에게 사용할 경우, 집회 참가자들이 저체온증 등 신체상 위해를 입지 않도록 날씨 등 요인을 고려하여 그 사용기준을 강화할 것, 살수차의 구체적인 사용기준을 부령 이상의 법령에 규정하고, 법령상의 장비 명칭을 통일할 것'을 권고했지만, 역시 경찰청은 이 권고안을 받아들이지 않았다.

여러 시민단체가 이 집회에서 물대포를 발사한 행위에 대해 헌법소원을 냈다. 헌법재판소는 2014년 6월, "물포 발사 행위는 타인의 법익이나 공공의 안녕질서에 대하여 직접적이고 명백한 위험을 초래하는 집회나 시위에 대하여 구체적인 해산 사유를 고지하고, 최소한의 범위 내에서 이뤄져야 한다"며 물대포 사용과 직사 살수에 대한 주의를 요구*했지만 경찰은 이를 지킨 적도 없었다. 헌법재판소가 '물포 직사 살수는 기본권 침해'라는 점을 분명히 했음에도 경찰은 직사 살수를 계속했다. 결국 헌법재판소의 판결문이 나온 이듬해인 2015년 11월에 백남기 농민을 향해 또다시 직사 살수를 해 목숨을 잃게 만든 것이다.

2015년 11월 14일 백남기 농민이 물대포에 맞고 쓰러지던 날도 백남기 농민 말고도 100여 명의 부상자가 나왔다. 홍채가 손상되고 고막이 찢어지고 의식을 잃는 등 크고 작은 부상을 입었다. 물대포는 그저 물을 쏘는 것이 아니라 '대포'에 가까운 위력을 지닌 진압 장비다. 아무리 조심해서 쏘아도 그 자체로 사람에게 위해를 가할 수 있는 매우 위험한 진압 방식인 것이다. 그런데 백남기 농민이 쓰러지던 날 물대포 사용량과 사용 시간은 '역대급'이었다. 최장 시간 사용, 최대 용량 사용의 기록을 남겼다. 게다가 시위 진압을 위해 뿌려지는 것은 순도 100%의 물이 아니다. 캡사이신과

---

* 이때 헌법소원 자체는 기각되었다. 2014년 6월 헌법재판소는 "물포 발사 행위는 타인의 법익이나 공공의 안녕질서에 대하여 직접적이고 명백한 위험을 초래하는 집회나 시위에 대하여 구체적인 해산 사유를 고지하고, 최소한의 범위 내에서 이뤄져야 한다"면서도 "근거리에서의 물포 직사 살수라는 기본권 침해가 반복될 가능성이 있다고 보기 어렵다"며 이를 각하했다.

색소를 첨가해, 물대포를 맞은 사람을 매우 고통스럽게 만든다.

현대사의 굴곡마다 최루탄이 있었다. 마산에서 최루탄을 맞고 주검으로 떠오른 김주열이 4.19의 도화선이 되었다. 1987년 이한열을 쓰러뜨린 최루탄은 6월항쟁을 촉발했다. 인권 대통령을 표방한 김대중 정부는 최루탄 사용을 자제하라고 명령했고, 이에 경찰은 시위 현장에 최루탄을 쏘지 않겠다고 선언한다. 최루탄이 마지막으로 등장한 것은 김영삼 정권 말기 IMF 구제금융 사태 당시다. 수많은 노동자가 거리로 쫓겨났고 그만큼 노동분쟁이 많았다. 시위 때마다 최루탄이 터지곤 했는데 그 순간의 고통은 표현할 길이 없다. 숨이 제대로 쉬어지지 않고 눈물과 콧물, 침까지 줄줄 흘러내린다. 인간의 존엄이 바닥을 치는 경험이며 이는 큰 공포로 남는다. 이제 최루탄의 자리를 물대포와 캡사이신총(최루액 분사기)이나 테이저건이 대신하고 있을 뿐이다. 2015년 11월 14일 경찰이 물대포에 섞은 것은 최루액 중에서도 가장 강력하고 위험하다고 알려진 파바(PAVA)였다. 당시 민중총궐기대회에 참가한 시민은 경찰들이 마치 전쟁터에서 적을 향해 총을 쏘는 '슈팅게임'을 즐기는 것처럼 보였노라 말했다.

박근혜가 쏘아 올린 물대포

2015년 상반기에는 최악의 가뭄이 닥쳐 온 나라가 몸살을 앓았다. 농업용수는 물론 식수까지 부족해 농촌의 고통은 이만저만

이 아니었다. 소방차는 불도 꺼야 하고 타들어가는 논바닥의 불도 꺼야 했다. 2015년 6월, 박근혜는 강화도로 가뭄 현장 시찰을 나가 소방호스로 논에 물을 대는 시범을 보였다. 하지만 어린 모가 겨우 숨만 쉬고 있는 논에 물을 직사하는 바람에 논바닥이 패이고 모가 꺾여 나갔다.

논에 물을 '준다'고 하지 않고 '댄다'고 하는 이유가 있다. 식물 위에 바로 뿌리는 것이 아니라 논둑에 물길을 끌어다 대 논바닥에 물이 찰 수 있도록 하기 때문이다. 그날 박근혜의 물 뿌리기 퍼포 먼스는 내내 웃음거리가 되었다. 하지만 평생 모내기를 구경조차 해본 적이 없는 도시 사람에게 논에 물을 잘못 대었다고 비난할 일은 아니다. 그저 잘못된 줄 알고도 권위에 눌려 그런 우스꽝스 러운 장면을 만들어낸 관료들의 무능함이 문제였다.

하지만 그 장면은 강력한 데자뷔였다. 몇 달 뒤 서울 시내 한복 판에서 공권력이 시민들을 향해 직사 살수를 했다. 박근혜의 물줄 기에 논바닥이 패이고 모가 쓰러지는 모습이 그대로 재현된 것이 다. 농촌은 물이 부족해 애를 태웠던 그해에, 한 농민이 최대 용량 을 쏟아 부은 물대포에 맞아 사경을 헤매다 생명을 잃었다. 백남 기 농민 사망 사건 형사재판에서의 쟁점은 누가 명령을 내리고 누 가 그것을 따랐는가였다. 경찰총장 강신명부터 가장 말단의 살수 요원들까지 서로에게 책임을 미뤘지만, 최고·최후의 책임자는 박 근혜다.

2015년 11월 14일, 백남기 농민이 이 상여를 따라가다 물대포를 맞았다.
사람들이 마지막으로 본 백남기 농민은 덩실덩실 춤을 추고 있었다.

07

살수라는 이름의 숙명

2015년 11월 14일, 백남기 농민이 물대포를 맞고 쓰러지는 장면이 찍힌 동영상이 남아 있다. 게다가 그 장면을 목격한 사람이 한둘이 아니기 때문에, 백남기의 사망 원인 규명을 위해 동영상까지 필요하리라 생각한 사람은 없었다. 그러나 이 명백한 사망 원인은 '외인사'가 아니라 '병사'라는 진단서로, 물대포가 아닌 '빨간 우의'를 입은 남자의 폭행 때문이라는 '제3자 가격설'로 호도되었다. 눈에 뻔히 보이는 진실을 해명하는 데 헛된 시간과 마음을 써야 했다.

빨간 우의의 진실

백남기 농민이 물대포를 맞고 쓰러지자 주변에 있던 사람들은 그를 구출하기 위해 달려갔다. 그중 한 남성이 직사 살수를 맞고 휘청거리다가 백남기 농민 쪽으로 넘어졌다. 그는 넘어지면서도 백남기 농민 위로 쓰러지지 않으려고 손으로 아스팔트를 짚었다. 하지만 '빨간 우의'를 입은 이 남자가 백남기의 얼굴을 가격하여 다치게 했다는 소위 '제3자 가격설'이 나돌았다. 지라시 수준의 언론들과 극우 성향의 네티즌들 사이에서만 나돈 이야기가 아니었다. 당시 새누리당(현 자유한국당) 국회의원들마저 '빨간 우의'에 대한 의혹을 제기했다. 결국 '빨간 우의'는 소환 대상자가 되어 피의자 신분으로 조사를 받기에 이른다. 그는 민주노총 산하 공공운수노조 광주·전남지부 조합원이었다. 백남기 농민이 쓰러졌을 당시 가장 가까이에서 현장을 목격하고 돕고자 달려간 것이었지만, 엉뚱하게도 가해자로 몰려 고통을 겪었다.

2015년 11월 20일, 국립과학수사연구소에서 영상을 분석하고 백남기의 부상 상태로 보아 빨간 우의의 남성을 비롯해 외력에 의한 가격은 가능하지 않다고 일찌감치 결론 내렸다. 빨간 우의의 남성은 집시법과 일반도로교통법 등의 위반으로 검찰에 송치되었을 뿐, 백남기 농민을 공격했다는 사안에 대해서는 조사조차 받지 않았다.

당사자도 그리고 대책위도 당연히 종결된 사안이라고 생각했다. 하지만 검찰은 백남기 농민이 운명한 후 처음 신청한 부검영장이 기각되자, 외력(빨간 우의)에 의한 사망 의혹을 규명해야 한다는 것을 사유에 넣어 다시 부검영장을 신청했다. 빨간 우의의 남성에게 혐의가 없다는 것을 검경 모두 알고 있었지만 부검을 관철하기 위한 핑계로 삼은 것이다. 심지어 2018년 형사재판 1심에서 피고인(가해자)의 변호인들은 '빨간 우의 제3자 가격설'에 대한 의혹이 아직 풀리지 않았다는 식의 이야기를 다시 꺼내 들었다.

　결국 백남기 농민의 사인은 법정의 판결로 확정되었다. 2018년 6월 7일 선고된 형사재판의 판결문(서울중앙지방법원 2017고합1051)은 다음과 같이 적시했다. 백남기의 사망 원인은 명백한 외인사로, 경찰은 백남기 농민이 쓰러지고 난 다음에도 조준 직사 살수를 계속 이어갔으며 구조 의무를 다하지 않았음을 밝힌 것이다.

　　충남살수차의 물줄기를 피해자가 서 있던 위치로 분사하였다. 피고인들은 그 이후로 충남살수차의 크레인을 미세하게 좌우로 회전시키며 오가는 방식으로 피해자 방향으로 직사 살수를 하던 중 한 번 정도 물포의 각도를 지면 방향으로 살짝 하강하였다. 이와 같은 제4차 살수 과정에서 피해자는 상반신에 물줄기가 살짝 타격을 입자 충남살수차를 등진 채 밧줄을 잡고 좌측으로 미세하게 이동하였고, 피해자가 살짝 이동하는 과정에서 충남살수차의 물줄기가 다시 왼쪽으로 함께 이동하여 피해자는 머리를 포함한 상반신 뒷부분에 직사로 물줄기를 맞고 1차적으로 중심을 잃으면서 충남살수차 방면을 정면으로 바라보는 방면으로 몸이 돌아가게 되었다. 피해자는 이와 같이 중심을 잃은 채 충남살수차를 정면으로 바라보는 자세로 계속된 직사 살수를 얼굴 부위에 맞아 2차적으로 급격하게 바닥에 쓰러지면서 후두부를 비롯한 상체 후면이 강하게 아스팔트 바닥에 부딪혔다. 피고인들은 피해자가 물줄기에 맞고 그대로 바닥에 넘어져 의식을 잃은 이후에도 약 17초간 피해자와 피해자를 구조하러 온 사람 등을 향하여 미세한 좌우 조절을 하는 방식으로 직사 살수를 계속 이어갔다.

명령한 자와 따른 자

살수는 물을 뿌린다는 뜻의 한자어(撒水)이지만, 다른 한편으로는 사람을 죽이는 자를 뜻하는 단어(殺手)이기도 하다. '살수를 고용한다'는 것은 청부살인을 의뢰한다는 뜻이다. 청부를 받아 살인을 실행한 이는 살인자일까, 아닐까?

백남기 농민 사망의 책임을 묻는 형사 법정에 불려나온 네 명의 피고인은 모두 자신과 직접적 관련이 없다고 항변했다. 그중 두 명이 '충남살수09호'의 살수요원, 충남경찰청 소속의 한석진과 최윤석이다. 이들은 법정에서 자신들은 야간 살수 경험이 없다는 것과 상부의 지시에 따랐을 뿐임을 강조했다. 충남경찰청 소속으로 서울 지리에 어두울뿐더러 가슴 이하로 살수하라는 지시는 받은 적이 없다는 것이다. 두 요원의 변호인들은 말단 경찰인 이들에게 사전 답사의 의무가 있는 것도 아니고 사전 정보가 있지도 않은 상태에서 명령에 따라 쏘았을 뿐이고, 당시 야간이라 어둡고 물보라가 심해 정확한 상황 판단을 할 수 없었다는 주장을 반복했다.

과연 상부의 지시에 따르기만 한 결과가 그렇게 집요한 직사 살수였을까? 그에 따른 위험성을 정말 몰랐을까? 직사 살수는 시위대가 매우 위협적인 상황에서 현장 책임자의 판단에 의해 필요한 최소한의 범위 안에서만 사용할 수 있다. 심각한 위협이 있다는 판단이 서야 직사 살수를 할 수 있는 것이다. 1심 형사재판에서 검사가 "당시 밧줄을 잡아당기는 백남기 농민을 위협적이라고 판단했습니까?"라고 심문하자 두 살수요원들은 "그렇다"고 대답했다. 하지만 백남기 농민이 잡아당기려던 경찰버스 뒤에는 경찰관들이 다수 대기하고 있었기 때문에 충분히 대응능력이 있었으며, 버스 지붕에는 아무도 없었다. 백남기 농민 혼자서 경찰기동대 버스에 묶여 있는 밧줄을 잡아당기는 행위가 제3자의 신체와 생명에 급박한 위험을 주었다고 볼 수는 없다. 때문에 직사 살수의 요건을 충족되었다고 볼 수 없다고 2018 경찰청 인권침해 진상조사 보고서에도 명시되어 있다.

그 상황이 위협적이라고 말해야만 살수요원들의 직사 살수 행위가 정당해진다. 한편 백남기 농민이 홀로 밧줄을 잡아당기고 있었다는 것을 알면서도 직사 살수를 지속했다면 이는 업무상 과실에 해당한다. 때문에 이들은 밧줄을 잡아당기는 사람이 "여러 명인 줄 알았다"고 대답한 것이다.

변호인은 의뢰인의 입장을 대변하기 위해 최선을 다하는 사람들이고, 그 변론 과정에서 다소 무리가 따르기도 한다. 그러나 가족을 잃은 사람 앞에서 이런 말까지 하는 것이 변호였을까? "이미 국가로부터 배상금을 받은 상태에서 이런 소를 제기하는 것이 혹시 금전적 만족을 더욱 극대화하겠다는 것인지, 화해를 하겠다는 것인지 혼란스럽다."

백남기 농민의 가족과 대책위는 2016년 9월 정부와 강신명 경찰청장, 구은수 서울지방경찰청장, 신윤균 총경과 두 명의 살수요원에게 손해배상 청구 민사소송을 제기했다. 재판부는 화해권고 결정을 내렸고, 정부와 강신명, 구은수는 재판부의 권고를 받아들여 일정 정도의 금전 배상이 이루어졌다.

2017년 9월 26일, 피고인들 중 신윤균 총경과 살수요원이었던 한석진, 최윤석도 원고 측 청구를 모두 인정하며 승낙한다는 취지의 '청구인낙서'를 제출했다. 청구인낙이란 민사재판의 책임을 인정하고 원고 측의 배상 요구를 수용한다는 뜻으로, 피고 측이 청구인낙을 하면 재판부는 화해권고 결정을 내린다. 그런데, 유족들에게 사죄하는 것이 인간의 도리라며 청구인낙을 하겠다던 이들이 태도를 바꿨다. 결정을 번복하고 재판부의 화해권고 결정을 사실상 거부해, 2018년 9월 현재 다시 민사재판이 속개된 상황이다.

가해자들은 이런 식으로 백남기 농민의 가족을 돈을 탐내는 탐욕스러운 존재로 만들려 했다. 자신들은 명령에 따랐을 뿐인 말단 경찰이며, 책임은 명령권자들에게 물으라는 것이다. 하지만 백남기 농민의 가족과 대책위가 제기한 형사소송이 갖는 의미는 명확하다. 물대포를 쏘라고 명령한 자와 직접 쏜 자들이 범죄를 인정하고 형벌을 받게 하는 절차이기 때문이다. '유죄'라는 판결을 받아내는 것은 고인의 명예를 지키고 가족들에게 최소한의 위로를 주는 의미도 있지만, 무엇보다 다시는 이런 무모한 공권력 행사가 시민을 대상으로 이루어지지 않게 한다는 의미가 더 크다.

당시 두 명의 살수요원은 경찰직을 잃지 않기 위해 혈안이 되어 있었고, 명령권자들에게 모든 책임을 넘겼다. 실제로, 이 두 명의 말단 경찰들이 무슨 죄인가, 진짜로 죄를 지은 것은 갑호비상명령

충남살수9호차 살수 시간

구분	살수시간* (충남9호차 cctv 시간)	비교	4기동단 상황일지(무전기록)			
			시간	수화자	송화자	내용
경고	18:52:43 ~ 18:52:47 (19:46:43 ~ 19:46:47)		18:52	공○○	신윤균	물포 쏘세요.
1차	18:53:00 ~ 18:53:32 (19:47:00 ~ 19:47:32)	32초				
2차	18:55:04 ~ 18:55:42 (19:49:04 ~ 19:49:42)	38초				
3차	18:56:33 ~ 18:57:03 (19:50:33 ~ 19:51:03)	30초	18:56	충남살수 9호	육○○	쏘세요.
4차	18:59:48 ~ 19:01:10 (19:53:48 ~ 19:55:10)	82초	18:58	공○○	충남살수 9호	살수할까요?
			19:00	충남살수 9호	허○○	계속 쏴요. 아끼지 말고 쏘세요.
5차	19:02:20 ~ 19:03:05 (19:56:20 ~ 19:57:05)	45초	19:02	충남살수 9호	공○○	쏘세요 쏴. 계속 쏘세요.
6차	19:18:13 ~ 19:18:34 (20:12:13 ~ 20:12:34)	21초	19:18	충남살수 9호	공○○	조금만 쏴요. 조금만.

* 서울중앙지방법원 구은수 등 4명에 대한 업무상과실치사 사건(2017고합1051)에서 법원이 충남살수9호 cctv 시간과 실제 시간의 차이를 54분으로 인정한 것을 인용하여 기재함.
(출처: 2018 경찰청 인권침해 '고 백남기 사망 사건' 진상조사 심사 결과서)

발동의 책임자이자 경찰의 총수인 강신명 전 경찰청장과 구은수 서울지방경찰청장이지 않는가라는 의견이 있다. 맞는 말이다. 하지만 한 사람이 사망한 사건이다. 게다가, 1심 판결문에서도 드러났듯이 이 두 명의 직사 살수는 매우 집요했다. 이를 법원에서도 받아들여 비록 낮은 형량이지만 그들의 죄를 물었다.

"사람이 죽은 사건이잖아요. 명령 핑계만 대서는 안 되는 거죠. 그들이 처벌을 받아야, 사람이 다치거나 죽을 수 있다는 판단이 들면 상부의 명령이라도 거부해야 한다는 걸 사례로 남길 수 있어요. 무조건 따르다간 오히려 경찰직도 잃고 실형도 사는구나 하고요. 무엇보다 시민의 안전을 지키는 것이 경찰직의 존재 이유니까요." 백남기 농민 법률대리인단은 살수요원 두 명에게 실형이 선고되어야 하는 이유를 이와 같이 주장했다.

두 살수요원의 주장대로 영혼 없이 상부의 명령을 따랐다면, 이는 살수의 이름에 가장 어울리는 행위다. 인간성의 판단 없이 그저 명령에만 따르는 것, 그것이 청부폭력과 살인의 말단 요원이 갖춰야 할 기본 자질일 테니 말이다.

두 살수요원 중 한석진은 업무상과실치사와 허위공문서 작성 및 행사로 유죄를 받아 징역 8월에 집행유예 2년을 선고받았다. 최윤석은 업무상과실치사로 유죄 판결을 받고 벌금 700만 원을 선고받았다. 사실상 한석진과 최윤석이 선고받은 형은 물대포를 직사한 물리적 가해행위에 대한 책임보다는 살수차 안전점검 서류를 허위 작성한 혐의인 '공문서 허위 작성'의 죄를 더 크게 물은 것이다.

그들의 일관된 변명은 당시 어둡고 비가 내리는 데다 최루액이 섞인 물보라 때문에 잘 보이지 않았다는 것, 그리고 명령에 따랐을 뿐이라는 것이다. 바꾸어 말하면, 식별 불가능한 상황에서 가장 위험한 단계인 '직사 살수'를 감행했다는 것이다. 그런 상황에서는 물대포 사용을 명령해서도 안 될뿐더러 명령을 따라서도 안 된다. 무엇보다, 물대포 자체를 사용해서는 안 된다.

백도라지는 이렇게 말했다. "해결된 것은 없습니다. 무엇보다 물대포 퇴출 약속이 나오지 않았잖아요. 물대포는 그 누구도, 설사 박근혜라 하더라도 맞아서는 안 됩니다."

비열한 거리

그렇다면 '명령권자'들은 어떤 책임을 졌을까? 결론부터 말하자면, 구은수 전 서울경찰청장은 무죄를, 신윤균 서울경찰청 제4기동대 단장(총경)은 벌금 1,000만 원을 선고받았다. 당시 경찰청장이었던 강신명은 조사 한 번 받지 않고 2016년 8월에 퇴임했다. 그리고 2017년 10월 불기소처분이 통보되면서 끝내 기소조차 되지 않았다.

피고인 중 가장 높은 지위에 있던 구은수 서울경찰청장은 신윤균 기동본부 제4기동단장이 교통관리 전문이니 상황을 더 정확히 판단할 줄 안다고 책임을 떠밀었다. 구은수는 법정에서 이렇게 말했다. "나는 살수차를 한 번도 다뤄본 적이 없고 서울경찰청 소속으로 충남살수차의 상황(노후 고장)을 알지도 못했다. 오히려 살수차는 저들이 전문이다." 신윤균은 자신은 살수차를 끌어본 적도 없을뿐더러 중간간부로서 상부의 지시를 받아 명령을 전달하는 위치일 뿐이라며 자신의 상사와 부하에게 동시에 책임을 떠넘겼다.

경찰 조직의 최고 책임자는 경찰청장이다. 백남기 농민이 물대포를 맞고 쓰러진 현장의 최고 책임자 역시 강신명 전 경찰청장이다. 당연히 백남기 농민의 가족과 변호인들은 사건 직후인 2015년 11월 18일 강신명 경찰청장을 살인미수(업무상과실치상) 혐의로 고발했다. 그런데 형사법정에 선 피고인 중 강신명 전 경찰청장은 없었다. 그는 아무 일도 없다는 듯이 명예롭게 경찰청장에서 퇴임했고, 기소조차 되지 않았다.

'백남기 농민 직사 살수 사건'의 1심 형사재판에서, 검찰은 구은수 전 서울경찰청장에 금고 3년을 구형했다. 함께 피고인석에 서 있던 네 명 중 가장 직위가 높은 구은수가 가장 높은 구형을 받은 것이다. 가족 대표로 재판에 참여하고 있던 백남기 농민의 장녀 백도라지는, 비록 선고가 아니라 구형이긴 하지만 그나마 작은 의의가 아니겠느냐고 말했다.

백남기 농민 법률대리인단 오민애 변호사는 형사재판에 대해 이렇게 평을 내렸다. "구은수 서울경찰청장이 책임 소재 관련해 처벌을 받을 것인가가 관건이었죠. 구은수 서울청장이 기소된 것은 꽤 의미 있다고 생각하지만 현장에 가지 않았다고 책임을 지지 않은 것은 문제예요. 재판 결과를 보면서, 지휘 책임자가 처벌을 받도록 하는 법적 근거가 매우 미진하다는 것을 알았어요. 구은수 서울청장은 기소라도 됐지만 강신명 경찰청장은 기소조차 되지 않았으니 말이죠."

　세상의 상식에서 더 높은 직급으로 승진한다는 것은 봉급만 오른다는 뜻이 아니다. 그만큼 책임의 영역도 더 넓어지는 것이다. 하지만 경찰들의 세계에서 책임은 아래로 향할 뿐이다. 그들은 재판 과정에서 단 한 번도 소위 '의리'를 보여주지 않았다. 모든 것이 나의 불찰이다, 부덕의 소치다, 이런 빤한 말조차 없었다. 그날 광화문광장은 경찰들의 비열한 거리였다. 다만 한 가지 확실한 신호는 보냈다. '억울하면 출세하라.'

　간부들에 대한 실망과 배신감 때문이었을까. 전국의 말단 경찰들이 동료의 소송 비용과 벌금 납입을 돕겠다며 무려 1억 원이나 모금했다는 '미담기사'가 부끄러움을 모르는 몇몇 언론에 자랑스럽게 실렸다.

　피고인들 중 살수요원이었던 최윤석과 한석진은 1심 형사재판 판결에 불복해 결국 항소에 들어갔다. 공무원인 그들이 유죄 판결을 받을 경우 경찰직을 유지할 수 없기 때문인 것으로 보인다. 이 재판은 2018년 9월 현재, 여전히 진행 중이다.

밥쌀 수입 저지, 백남기 농민 문제 해결 등을 요구하는 농민들의 서울 도심 행진.
콤바인이 멈추자 농민들이 직접 끌고 행진했다. 2016년 9월 22일.

08

춤추며 싸우는 형제들 있다

고 정광훈 의장이 노랫말을 썼다고 알려
진 〈아스팔트 농사〉는 농민 집회 때 〈농민가〉 다음으로 많이 불리
는 노래다.

일 년 내내 씨 뿌리고
뼈 빠지게 거두어서
보리농사 망하고 고추농사 조지고
남은 것은 빚더미뿐.

사람답게 살겠다고
죽자 사자 일을 해도
사람 구실 못 하고 이 내 신세 조지고
남은 것은 쭉정이뿐.

이 세상에 지어먹을 농사가 하나 있어.

여의도에 아스팔트 해방 농사 지어보세.

너 살리고 나 살리는 아스팔트 농사

이 농사가 최고로세.

농민 해방 앞당기는 단결투쟁 농사

이 농사가 최고로세.

"이 세상에 지어먹을 농사가 하나 있어. 여의도에 아스팔트 해방 농사 지어보세." 이 가사는 논밭에서 짓는 농사를 아무리 잘 지어봤자 정치와 세상을 바꾸지 않으면 농민들이 해방될 수 없다는 뜻을 담고 있다. 2015년 11월 14일 백남기가 쓰러진 후, 수많은 백남기들이 서울로 아스팔트 농사를 지으러 올라왔다.

농성장 짓기, 매일매일 공사 중

백남기 농민이 수술을 마치고 중환자실로 옮겨지자 일단 사람들이 모일 곳이 필요했다. 그저 모여 있기만 할 곳이 아니라 국가폭력의 실체를 알리고 진상 규명과 책임자 처벌을 요구하는 농성장이어야 했다. 백남기 농민을 지키려면 병원 지척에 농성장이 있어야 한다는 쪽으로 의견이 모아졌다. 시내 중심가인 광화문에 농성장을 만들어 더 많은 사람에게 이 사건을 알려야 한다는 의견도 있었지만, 사경을 헤매는 환자와 가족에 대한 걱정이 앞섰기 때문에 서울대병원 정문을 농성 장소로 결정했다.

농성장을 설치하려면 48시간 전에 서울대병원 관할인 혜화경찰서에 집회 신고를 내야 했다. 여러 투쟁 현장에서 농성장을 설치하려 할 때 경찰이 저지하거나, 간신히 설치해도 바로 철거당한 경험이 차곡차곡 쌓여 있다. 일요일에 집회 신고를 내고, 급한 대로 서울대병원 담벼락에 얼기설기 천막을 쳤다. 하지만 예상과 달리 경찰의 별다른 제지가 없었다. 경찰이 쏜 물대포에 맞아 사람이 다쳐 사경을 헤매고 있으니 야박하게 굴 수 없었던 것일까. 그렇게 대학로 '백남기 농민 투쟁 농성장'(이하 농성장)의 천막 살림이 시작되었다.

급하게 지은 허술한 천막 농성장은 증개축을 거듭하면서 점점 꼴이 갖춰졌다. 농민이 쓰러졌다는 소식을 듣고 각 지역에서 부랴부랴 올라온 농민들이 천막 상태를 보고 도저히 안 되겠다며 손을 대기 시작한 것이다. 겨울이 다가오는데 이렇게 버틸 수는 없다며 바닥부터 다졌다. '빠레트'를 바닥에 깔고 그 위에 냉기를 막을 스티로폼을 얹었다. 거기에 장판까지 깔았더니 사람들이 앉을 만한 방이 되었다. 지붕에서 비가 새는 것을 본 농민회에서는 튼튼한 비닐하우스용 비닐을 덮어 단단히 비가림을 했다. 매일매일 들르는 농민회 회원들이 비닐하우스깨나 짓고 부수던 솜씨로 조금씩 고치고 덧댄 천막은 어느덧 규모도 커지고 틀도 잡혀 그럴듯한 농성장이 되었다. 다른 장기 투쟁 농성장과 비교하면서, 여기는 그래도 모텔급은 되지 않느냐며 농담을 던지기도 했다.

당장 다가올 추위를 견디기 위해 월동 준비를 한 것이었지만 오래갈 싸움이 될 것임을 처음부터 알고 있었다. 어느새 시간이 흘러 천막 농성장도 여름살이를 준비해야 했다. 중환자실 병상에서 백남기 농민도 장기 농성에 들어갈 채비를 했다. 담장을 사이에 두고 백남기 농민은 병상에서, 밖에서는 '우리가 백남기다'를 외치며 수많은 백남기들이 싸웠다.

성사가 있는 곳이 성전

'왜 하필 농민이까? 왜 하필 전라도의 농민이고, 가톨릭농민회 광주대교구 회원이었으까? 왜 하필 나는 가톨릭농민회의 지도 신부였으까?'

당시 가톨릭농민회 전국본부 지도 사제였던 이영선 신부는 내내 저런 질문을 스스로에게 던지면서 급하게 서울로 다시 올라와야 했다. 민중총궐기대회에 가농의 농민회원들이 많이 참석하기도 했고, 나라가 이 꼴이 났으니 가만히 있을 수 없어서 이영선 신부도 당연히 서울로 올라와 민중총궐기대회에 참가했다. 그러고 나서 광주로 내려가는 길에 백남기 농민의 소식을 들었다. 바로 다음 날 정신없이 서울로 올라왔다. 자문은 자책으로 이어졌다. '백남기 임마누엘은 우리 회원이고 교구도 같은데. 나도 그 자리에 있었는데. 신자가 죽어가는데 난 무얼 했나?'

올라와서 보니 상황은 생각보다 훨씬 심각했다. 회생 가능성이 전혀 없는데도 수술이 감행됐다. 급하게 대책위가 꾸려지고 여러 의견이 오가는 와중에 이영선 신부가 당시 가톨릭농민회 사무총장 손영준에게 물었다. "목숨을 걸고 싸워야 될 거인디 할 수 있었는가?" 오래도록 이어질 싸움이었고 조직의 결정은 신중해야 했기에 물었다. 이런 일은 목숨을 걸겠다는 마음이 필요하다고 생각했다. 손영준은 망설임 없이 고개를 끄덕였다.

백남기 농민은 가톨릭농민회의 회원이었고, 전국본부 부회장까지 지내며 평생을 가톨릭농민회에 헌신한 사람이었다. 그를 알아보게 한 표식도 한국가톨릭농민회 25주년 기념 혁대의 버클이었고, 보성 그의 집 문갑에는 가톨릭농민회가 수여한 공로패가 귀하게 자리 잡고 있다. 가톨릭농민회는 1970년대부터 1980년대 후반까지 한국 농민운동사에서 가장 전위적인 조직이었다. '종교 우산'이라는 비판에도 불구하고 군사정권이 만든 사회의 모순과 격렬하게 싸웠고, 그 자리에 백남기도 있었다.

이영선 신부가 가농 입회자 교육을 받으러 온 백남기 농민을 만난 것은 1986년이었다. 당시 가농은 수세 싸움과 소몰이 싸움까지 척척 해내던 한국 농민운동의 핵심조직이었다. 이영선 신부는 20대 후반의 신학생이었고 백남기 농민은 40대의 농민운동가였다. 이영선 신부는 혈기왕성한 자신의 뾰족한 질문과 이야기를 아주 잘 들어준 사람이었다고 그때의 백남기를 기억한다.

둘은 평생 광주를 마음에 담고 살았다는 공통점도 있었다. 1980년, 이영선 신부는 진도 출신의 전남대학교 신입생이었다. 당시 항쟁의 중심에 있지 못했던 것을 아픈 기억으로 가지고 있다. 백남기 농민 또한 광주항쟁으로 다치고 목숨을 잃은 사람들에게 평생 죄스러워했다. 이영선 신부는 5월 광주에서 계승할 정신은 지옥 같은 살육의 현장에서도 가장 아름다웠던 인간의 정신, 서로 나누고 돕는 공동체가 실현된 그 경험이라고 강조했다.

"그래서 내가 농성장이라고 하지 말고 '어울림터'라고 이름을 짓자고 했어요. 하루에 한 사람씩 이름 알고 얼굴 익혀서, 그렇게 친해지는 일이 제일 중요한 거니까. 낯선 한 사람과 조금 더 친해지면 세상은 30년 뒤에 바뀌는 거여. 권력자들이 제일 두려워하는 것이 피지배자들의 연대예요. 싸우기만 하면 지옥이 돼불고 결국에는 지는 일이야."

백남기 농민이 수술을 마치고 중환자실로 옮겨진 2015년 11월 15일은 일요일이었다. 사제들도 와 있고 가톨릭농민회 회원들도 있으니 기도라도 하자며 야외에서 주일미사를 올렸다. '생명과 평화의 일꾼 백남기 농민의 쾌유를 위한 미사'가 처음으로 봉헌되었다. 2015년 11월 15일부터 다음해 9월 24일까지 316일간, 백남기 농민이 서울대병원의 병상에서 사투를 벌이던 내내 백남기 농민과 민주주의 회복을 기원하는 미사가 하루도 빠지지 않고 농성장에서 봉헌되었다. 백남기 농민 선종 후인 2016년 9월 25일부터 장례식 전 날인 11월 4일까지 41일 동안은 장례식장에서 추모미사가 이어졌다.

당시 제대를 차리고 미사를 준비하던 대책위 활동가 박선아는 열 달이 넘는 동안 미사가 멈춘 날이 하루도 없는 것 자체가 기적이라고 말한다. 누군가는 미사를 주례하자고 암묵적으로 합의했을 뿐 당번을 정한 것도, 의무사항도 아니었다. 그저 순리에 맡길뿐. 어느 날은 제대를 다 차려놓았지만 미사 시간이 다 되도록 주

"낯선 한 사람과 조금 더 친해지면 세상은 30년 뒤에 바뀌는 거여.
권력자들이 제일 두려워하는 것이 피지배자들의 연대예요."
가톨릭농민회 전 지도사제 이영선.

례할 사제가 나타나지 않아 '오늘은 기도 모임으로 대체해야 되나' 싶을 때, 거짓말처럼 제의를 입은 사제가 어딘가에서 와서 제대 앞에 앉았다. 오후 4시 매일미사는 농성장 일상의 중심이었다. 농성장을 찾는 사람들이 뜸할 때에도 미사 시간에는 사람이 채워졌다.

"신부님, 수녀님들 그리고 천주교 신자들께 큰 감사를 전하고 싶어요. 농성장에서부터 영결식 하는 날까지 신부님들과 함께 드린 미사가 신자가 아닌 나 같은 사람들한테도 큰 힘이 되었어요. 막막하고 어려운 중에 우리를 지켜주는 큰 기둥이었습니다. 이 싸움이 그나마 이 정도 진척되고 박근혜를 대통령 자리에서 끌어내릴 수 있었던 건 다 가톨릭농민회와 신부님, 수녀님들 덕분이지요. 일반 시민들도 미사 때문에 거부감 없이 농성장을 바라봤고요. 전국에서 백남기 농민과 함께해주신 신부님, 수녀님들, 신자들은 든든한 뒷심이었습니다."

민중총궐기대회와 백남기 농민 투쟁을 이끌던 전농 김영호는 모든 공을 가농과 천주교의 공으로 돌렸다. 반대로 가농 정현찬 회장과 손영준 사무총장은 이 싸움을 버틸 수 있었던 것은 전농의 조직력과 전여농의 헌신 덕분이었다며 고마워했다.

천 번의 무릎 꿇기

2016년 새해가 밝았지만 백남기 농민의 상태는 나아질 기미가 없었다. 백남기 농민 투쟁 농성장을 설치하고 가장 우려했던 일은 연말이 지나면서 날씨가 추워지고 사람들의 관심에서도 멀어져 투쟁 동력이 떨어지는 것이었다. 농성장 밖은 더욱 혹독했다. 민중총궐기대회를 주도했다는 이유로 수배된 민주노총 한상균 위원장이 조계사로 피신했다가, 조계사까지 공권력이 들어올 것을 우려해 결국 자진출두를 하고 구속 수감되었다. 민주노총은 정동 사무실이 압수수색을 당하는 등 대대적인 탄압을 받았다.

박근혜는 민중총궐기대회에 참가한 시민들을 이슬람 무장세력 IS를 연상시킨다는 말을 꺼냈고, 집권 여당인 새누리당은 집회·시위 중 복면 착용의 금지 및 처벌 규정을 포함시킨 '집회 및 시위에 관한 법률 개정안'(일명 복면금지법안)을 추진하겠다고 나섰다. 혹독한 겨울이었다. 그때 여성 농민들이 나섰다. "도둑질 말고는 다 해봐야겠다고 생각했어요. 무기력해지는 것, 저것들이 바라는 게 그걸 텐데, 그럴 수는 읎제." 전국여성농민회총연합(이하 전여농) 회장 김순애는 당시의 심정을 말했다.

전여농 전 사무총장 김정열은 당시 여성 농민들 자신의 결의를 다지는 것이 더욱 중요했다고 말한다. "우리가 뭐라도 하자, 천 배를 올려보자 했어요. 크게 반향을 일으킬 거라 기대도 안 했어요. 우리 스스로 다시 결의를 해보자, 여성 농민이 흔들리지 말자는 거였죠." 전여농 회원들이자 여성 농민들은 광화문광장에서 '가요! 생명의 밀밭으로! 여성 천 배' 행사를 열었다.

2016년 1월 29일, 전여농과 전국여성연대 소속 회원들이 광화문광장에 모여 기자회견을 마치고 오전 11시부터 다섯 시간 동안

천 배를 올렸다. 광화문 고층건물 사이에서 불어오는 칼바람은 거세기 그지없었지만 천 배를 올리는 여성들은 땀에 흠뻑 젖었다.

농사란 오로지 사람의 무릎과 허리로 짓는 것이다. 쪼그려 앉아서 해야 하는 밭일을 주로 담당하는 여성 농민의 무릎은 성한 경우가 드물다. 그 성치 않은 무릎을 천 번 꿇어 광화문광장 아스팔트를 녹였다.

400킬로미터의 발걸음

2016년 2월, 추위는 절정에 달했다. 백남기 농민이 쓰러진 지 어느덧 100일이 되었지만 경찰과 정부는 형식적인 사과 한마디 하지 않았다. 추운 날씨에 더해 설 연휴가 다가오자 농성장을 찾는 사람의 수는 눈에 띄게 줄었다. 대책위 활동가들의 마음도 초조해지고 힘이 나질 않을 때, 전농의 김영호가 '들불을 놓으러 가자'고 제안했다. 2월은 본래 농촌에서 들불 놓는 시기다. 백남기 농민 투쟁이 들불처럼 퍼질 수 있도록 대책위가 전국 곳곳을 누비자는 뜻이었다.

대책위는 '국가폭력 책임자 처벌과 민주주의 회복, 백남기 농민 살려내라'는 구호를 앞세우고, 도보순례단을 꾸렸다. 도보순례단 집행위원장은 3대 농민회의 사무총장, 즉 가농의 손영준, 전농의 조병옥, 전여농의 김정열이 맡았다. 2016년 2월 11일부터 2월 27일까지 16박 17일간의 도보순례였다.

2016년 2월 11일, 도보순례단은 백남기의 고향 보성에서 발대식을 열고 출발했다. 발대식에는 박경숙도 들러 인사를 나누고 또 미안하고 고맙다는 말을 전했다. 도보순례단의 일정은 보성을 출발해 화순-광주-장성-고창-정읍-김제-전주-익산-논산-대전-공주-천안-평택-수원-안산-안양-과천을 거쳐 2월 27일 서울광장에서 열리는 제4차 민중총궐기대회에 참석하는 것이었다. 하루에 20~30킬로미터를 10시간씩 걸었다. 중간 도착지에서는 지역 농민회와 시민단체 회원들이 합류해서 함께 걷기도 하고, 간담회를 열어 백남기 농민 투쟁의 경과 보고 겸 결의를 다지는 시간을 가졌다.

도보순례단 상황실장을 맡았던 대책위 사무국장 최석환은 슬프면서도 가슴 벅찼던 당시 상황을 이렇게 전했다. "가농과 전농 스타렉스 두 대를 앞뒤에 세워 짐도 싣고 낙오자도 태우면서 가는데, 멈추는 데마다 자꾸 차에 뭘 실어주시는 거예요. 과일, 간식, 물, 커피 같은 것들이 차고 넘쳤어요. 돈봉투도 자꾸 찔러주시고. 농민약국에서는 연고에 파스, 드링크제, 약품도 막 실어주시고, 농민주유소에서는 차량 주유도 해주시고요. 감당이 안 될 만큼 자꾸 차에 선물이 실려서, 어디에 들를 때마다 먹어서 짐을 줄여야 했죠. 서울 도착해서 차량 정리를 하는데, 출발할 때 누군가 실어준 사과박스가 밀려들어가서 그제서야 꺼내볼 정도였어요."

최석환은, 빤한 살림살이를 하는 지역 농민회와 시민단체의 등골을 뽑아 먹은 것이나 다름없었다고 당시를 회고했다. 고창에서 실어준 음식을 정읍 간담회에서 나눠 먹고, 출발할 때 정읍에서 또 후원물품을 실어줘 다음 도착지에서 나누는 릴레이가 이어졌다. 각 지역의 농민회나 시민단체에 의탁해 숙식을 해결하면서 폐를 끼치는 건 아닐까 걱정도 했지만, 하나라도 더 챙겨주려는 그 마음을 모르지 않아 기꺼이 받았다. 다들 마음은 굴뚝 같았지만 사는 일에 치여 서울까지 올라갈 수 없는 미안함과 사태 해결을 기원하는 마음이 담긴 것임을 잘 알았기 때문이다.

총 인원 4,000명이 백남기 농민의 이름을 걸고 400킬로미터를 함께 걸었다. 도보순례단이 걷는 속도에 맞춰 차량 호위를 하면서 내내 저속 주행하느라 최석환의 무릎도 많이 상했다. 누군가의 무릎을 갉아먹으며 시간을 또 견뎠다. "그래도 도보순례하면서 사람들 만나고 이야기하는 게 참 좋았어요. 힘도 났고. 차라리 그렇게 몇 달 더 다니고 싶었어요. 왜냐하면, 서울에 올라가도 상황은 달라져 있지 않았을 테니까……." 최석환이 그때의 답답한 심경을 털어놓았다.

도보순례단이 17일 만에 서울에 도착했지만 여전히 서울은 겨울 한복판이었다. 검찰은 가족과 대책위가 고발한 가해자들을 기소하기는커녕 조사에 착수조차 하지 않고 있었다. 박근혜가 살고 있는 청와대는 얼음 빗장을 단단하게 걸어버린 겨울왕국이었다.

대학로에서 짓는 진짜 아스팔트 농사

계절은 사람을 기다려주지 않고 제멋대로 왔다가 간다. 서울대병원이 있는 대학로 플라타너스에도 새잎이 돋았다. 제대로 밟아주지도 못하고 풀도 매주지 못한 보성 밀밭에도 싹이 올라오고 있었다. 물대포를 맞고 쓰러진 백남기 농민이 아직도 사투를 벌이고 있다고, 이 싸움은 끝나지 않았다고 다시 한 번 시민들에게 알려야 했다.

이번에도 여성 농민들이 나섰다. 2016년 3월 29일 광화문 세월호 광장에서 '생명과 평화의 밀싹 나누기' 행사를 열었다(공식 명칭은 '국가폭력 규탄! 민주주의 회복! 생명과 평화의 밀싹 나눔'). 작은 화분에 심은 밀싹을 시민들에게 나눠주면서 백남기 농민 사건을 알리고 그가 지키려던 생명과 평화의 가치도 나누자는 뜻이었다.

대학로에서도 버려진 스티로폼 박스를 구해 와 흙을 담고 밀싹을 심고 모내기도 했다. 진짜 아스팔트 농사였다. 서울대병원 노조가 이날 행사에 함께했다. 서울대병원 청소 노동자들이 태어나서 처음 모를 본다며 아기 머리를 쓰다듬듯 계속 만지며 신기해했다. 도시의 노동자로 살면서 계절이 오는지 가는지조차 알지 못했을 것이다.

오후 4시, 미사 시간에 사람들이 잠시 몰려왔다 빠져나가면 농성장은 또 적막해졌다. 봄은 영농철이다. 농민들에게는 서울까지 올라갈 시간이 없다. 농번기에는 농민운동도 잠시 멈춘다. 그래도 농성장의 일상은 굴러갔고, 때로는 굴려가기도 했다. 가톨릭농민회 전국본부의 실무자들은 농성장으로 출근했다가 퇴근했다. 밤에는 당번을 짜서 농성장을 지켰다. 월화수목은 전농의 최석환과 이종혁이, 금토일은 진보연대의 김현식과 함형재가 숙박 당번을 맡아 농성장 거주민이자 살림꾼이 되었다. 밀싹과 모에 물 주기, 방문객들과 종이학 접기, 생수통 관리하기, 청소하기, 천막 수리하기, 발전기에 휘발유 채우기, 모금통 정산하기 등 아무리 천천히 일을 해도 시간은 더욱 더디 갔다. 종종 취객도 상대하고 화장실인 줄 알고 오줌을 누고 가는 사람들도 상대하면서, 농성장 불빛은 꺼뜨리지 않았다.

분향소를 지키는 마음

백남기 농민이 눈 한 번 뜨지 못하고 끝내 영면한 후에도 아스팔트 농사는 끝나지 않았다. 전국에 140곳의 백남기 농민 지역 분향소가 차려졌다. 그중 한 곳이 광주로, 광주진보연대는 백남기 농민의 장례 기간 동안 5.18민주광장(옛 전남도청 앞)에서 분향소를 운영했다.

광주진보연대 사무처장 황성효는 옛 전남도청 복도 끝에 만들어놓은 간이 휴게실을 먼저 보여주었다. 그 방은 5.18광주민중항쟁 역사흔적 보존을 주장하며 2016년 9월부터 농성 중인 '옛 전남도청 보전 범시민단체'의 회원들과 5월 유족들이 잠시 다리쉼을 하거나 잠을 청하는 곳이었다.

"이게 최신 농성장 기법이에요. 바닥에 전기 패널을 넣었거든요. 만져보세요. 전기 올려볼게요. 금방 따시죠?" 자신이 직접 만든 간이 휴게실을 보여주는 이유가 자랑하기 위해서가 아님을 왜 모르겠는가.

분향소를 설치하는 게 향로 하나 가져다 놓는다고 되는 일이 아니다. 분향소를 짓는 것도 일이지만 유지하는 데에도 힘이 든다. 기껏 설치해놓은 분향소에 사람이 찾아오지 않을 때는 어찌해야 할지도 고민거리다. 광주진보연대 대표 류봉식은 분향소를 설치하는 것 자체가 실무자의 큰 용단을 필요로 하는 일이라고 말했다. 책임을 지는 것이기 때문이다.

"처음 어르신 돌아가시고 분향소 설치할 때, 실무자 입장에서는 결심이 쉽지 않았어요. 이런 일을 진행하려면 결의가 있어야 하거든요. 분향소가 언제까지 이어질지 알 수 없기도 하고, 사람이 찾아오지 않아도 공간을 유지해야 하는 거니 말이죠. 그래도 해야 하는 일이면 더 잘해야죠. 그래서 분향소도 좀 더 튼튼하게, 정성스럽게 만들려고 했어요."

분향소 설치부터 운영까지 실무를 책임진 황성효는, 자신의 목표는 분향소가 비바람에 쓰러지지 않게끔, 부실하지 않게 만드는 것이었다고 말했다. 정성을 다 한다는 뜻이고 끝까지 책임지겠다는 마음이었을 터.

백남기 농민 분향소를 설치했을 때 광주에서는 지역 축제가 열리는 중이었다. 그 축제 분위기에 찬물을 끼얹는다고 비난을 받지는 않을까, 축제를 즐기느라 분향소는 텅 비지 않을까 걱정도 앞섰다. "그런데 웬걸, 시민들이 축제 참가 전에 분향소에 들러 줄지어 조문을 하는 거예요. 지역 예술인들은 추모 공연도 열었고요. 그 광경을 보며 다시 한 번 놀라면서, 분향소 운영하길 잘했다 싶

"경상도 농민이었어도, 아니 그 누구라도 우린 당연히 외쳐불제."
광주진보연대 상임대표 류봉식(우)과 사무처장 황성효(좌).

옛 전남도청 일대. 백남기 농민은 광주를 가슴에 담고 살았고,
광주는 누구보다 크게 '우리가 백남기다'를 외쳐주었다.

었지요." 당시를 떠올리던 류봉식 대표의 얼굴이 조금 상기된다.

분향소가 설치된 140곳에 광주처럼 시민운동 인프라가 어느 정도 갖춰진 곳만 포함되는 건 아니었다. 충남 청양군처럼 아주 작은 고장에서도 분향소가 설치되었다. 청양군농민회는 2016년 10월 5일 사무실 앞에 백남기 농민 분향소를 차리고 장례를 치른 11월 5일까지 운영했다. 분향소가 설치된 청양군농민회 사무실 앞은 청양도서관 바로 앞이어서 청양 군민들도 들러 분향을 했다. 분향소는 서로 교류가 뜸했던 지역의 시민단체 활동가들과 농민회 회원들이 오랜만에 만나 이야기를 나누는 만남의 장소가 되기도 했다.

시민사회운동도 서울 중심이라, 지역에서는 사람도 돈도 모자라게 마련이다. 그런 어려움을 헤쳐나가면서 운영했기 때문에 지역 분향소의 의미가 더욱 깊다.

살림이 투쟁이다

백남기 농민 투쟁 농성장은 투쟁의 장이었을 뿐 아니라 근 1년을 이어간 살림살이이기도 했다. 살림집에 전기와 물이 끊이지 않고 돌아가려면 누군가의 손이 바지런히 움직여야 한다. 2017년 11월 15일, 백남기 농민 투쟁 농성장이 차린 지 꼭 1년 만에 농성장 살림을 정리했다. 사람들과 나눌 물건들, 버릴 물건들을 분류하는 데에만 며칠이 걸렸을 정도로 큰 살림이었다. 마지막으로 바닥에 설치했던 팰릿을 여주시농민회로 실어 보내면서 농성장 정리가 끝났다. 전국에 설치됐던 140곳 분향소도 누군가의 손으로 정리되었을 것이다. 아무도 모르게, 누구 하나 알아주는 사람 없이. 싸움은 곧 살림이다.

백남기 농민 국가가

국가폭력

진상규명! 책임자 처벌
살인정권 규탄!

촛불 문화제

매일 저녁 7시 서울대 냉염

우리 모두가 백남기

함께 촛불을 밝혀주세요.

2016년 10월 6일

서울대학교 민주동문회

백남기 농민 사망 후 서울대병원 장례식장.
경찰의 부검 시도에 저항해 수많은 시민이 장례식장 안팎에서 노숙했다. 2016년 10월 25일.

우리농업을 지키려던 백남기 농민이 국가폭력에 돌아가셨습니다. 뇌사 상태 317일이 넘어 어제 2시 백남기농민이 돌아가셨지만 누가 지시를 내린 책임자인지, 진상규명을 밝히는 일은 여전히 요원합니다. 더구나 경찰은 사인이 경찰의 물대포 직사로 인한 뇌출혈임에도 부검을 하겠다며 시신을 뺏으러 백남기 농민이 누워계신 안치실을 침탈하려 했습니다. 백 남기 농민의 한을 풀어주세요. 국... 죽이는 박근혜 정권!

_을 죽여놓고
_지 경찰을
_하네 ?
_ 너희가

당신도
오늘은
수호신이
7시 ...
가는 ...
우리 ...

09

202톤의 무게를 함께 지다

2015년 11월 14일 밤, 박경숙과 백두산이 서울대병원에 도착했을 때 백남기 농민은 이미 수술실에 들어가 있었다. 아침에만 해도 잘 다녀오겠다고 인사하고 나간 사람이었다. 그런데 물대포를 맞고 쓰러져 갑자기 뇌수술을 받게 되고, 회생을 장담할 수 없을 정도로 크게 다쳤다.

  이런 사실을 전달해야 하는 민중총궐기대회 관계자들, 특히 전농과 가농 활동가들의 괴로움은 이루 말할 수 없었다. 보성에서 택시를 타고 올라가면서 딸 도라지에게 백남기 농민의 상황을 전화로 전달받은 박경숙도 사태가 매우 심각하다는 사실을 알고 있기는 했다. 민중총궐기대회 관계자들, 전농과 가농 회원들, 가톨릭 신부와 수녀들까지 암담한 마음으로 그 밤을 넘겼다. 취재진도 진을 쳤다.

생명의 무게, 죄의 무게 202톤

백도라지는 병원에 도착한 후 비닐봉투에 담긴 아버지의 옷을 얼떨결에 받아들었다. 백도라지의 남편이자 백남기 농민의 맏사위가 선물한 옷이었다. 물에 푹 젖어 옷의 무게라고 생각하기 힘들 정도로 무거웠다. 꽁꽁 묶은 비닐봉투를 뚫고 매캐한 최루액 냄새도 뿜어져 나왔다. 백도라지는 그 옷 봉투를 손에서 놓지 못하고 쓰러진 아버지 곁을 지켰다. 물 202톤과 최루액 440리터의 무게이자 한 사람의 생명을 빼앗아 간 죄의 무게였다. 함부로 내려놓을 수도, 번쩍 들어 올릴 수도 없는 그런 무게.

이 고통의 무게를 백남기 농민의 가족만 외롭게 지게 할 수는 없었다. 가족들이 아버지의 기적 같은 회생을 기원하며 밤을 새우던 그 시간, 민중총궐기대회를 주최했던 관계자들은 대책회의를 하며 밤을 새웠다. 그리고 11월 15일 일요일 오전 11시, 첫 번째 기자회견문을 발표했다. '백남기 농민 대책위'가 만들어지기도 전인 데다 병원을 지킨 사람들 대부분이 민중총궐기대회에 참가했던 사람들이었기 때문에 첫 기자회견은 '민중총궐기 투쟁본부'의 이름으로 이루어졌다.

우리 민중총궐기 투쟁본부는 집회와 평화행진을 원천 봉쇄하고, 집회 참가자들에게 살인적 진압을 가한 경찰 당국을 강력 규탄한다. (…) 국민을 적으로 간주하고 살인 진압을 강행한 데 대해 대통령이 직접 사과하고, 강신명 경찰청장을 즉각 파면할 것을 강력히 요구한다.

첫 기자회견문의 머리말은 '집회 방해, 살인 진압, 박근혜 대통령은 사과하고 강신명 경찰청장을 파면하라!'였다. 11월 24일 화요일에는 '생명과 평화의 일꾼 백남기 농민의 쾌유와 국가폭력 규탄 범국민 대책위원회'가 결성됐다. 민중총궐기대회를 준비했던 주요 단체들이 그대로 합류했다. 그리고 대책위의 이름으로 11월 25일 백남기 농민 사건에 대한 진상 규명과 책임자 처벌, 재발 방지 대책을 약속받기 위해 대통령 면담을 신청했다.

이날 청운·효자동주민센터 앞에서 가족 대표 백도라지와 대책위가 함께 대통령 면담을 요청하는 기자회견을 열었다. 요구 사항은 두 가지였다. 살인적 폭력 진압에 박근혜 대통령이 직접 사과할 것, 살인적 폭력 진압을 실시한 강신명 경찰청장을 파면할 것. 하지만 청와대는 묵묵부답이었다.

2015년 11월 14일의 1차 민중총궐기대회에 이어, 12월 5일 토요일 서울광장에서 2차 민중총궐기대회가 열렸다. '백남기 농민 쾌유 기원, 민주 회복 민생 살리기 범국민대회'의 이름을 내걸고 열린 2차 민중총궐기대회의 주요 행사는 '백남기 농민 쾌유 기원 및 국가폭력 규탄 범국민 문화제'였다. 4만 명 정도가 모였다. 복면금지법안에 항의하는 뜻으로 가면을 쓰고 온 사람도 많았다. 1차 민중총궐기대회에서 백남기 농민이 크게 다쳐 의식을 회복하지 못하고 있었기 때문에 주최 측이 준비한 카네이션을 들고 서울대병원까지 평화행진을 했지만, 1차 대회 때와 같은 경찰의 과도한

2015년 12월 5일에 열린 2차 민중총궐기대회. 박근혜 정부 퇴진,
백남기 농민의 쾌유를 구호로 걸었다.

통제가 없어 평화롭게 마무리되었다.

미안하다는 말, 고맙다는 말

처음 수술한 그대로 두개골 뼛조각도 덮지 못한 상태에서, 백남기 농민은 병상에서 봄을 맞았다. 그 어떤 해결의 가닥도 보이지 않는 암담한 상황이 계속되었다. 대책위가 16박 17일의 도보순례까지 마치고 서울에 올라왔지만 아무런 상황 변화도 없었다.

봄이 되면서 박경숙이 대책위 농성장에 종종 들르기 시작했다. 그 전까지는 중환자실 앞을 떠나지 못한 채 매일 오후 4시 미사에만 겨우 참례했다. "사고 나구 겨울엔 경황이 없어서 못 내려와봤는데, 내내 미안트라구유. 얼굴 한 번 본 적 없는 양반들이 이렇게 백남기 하나 때문에 고생하는데, 가족들이 얼굴도 안 비추고 그럼 쓰나 싶어서. 그때부터 농성장에 좀 내려가서 앉아 있다가 오고 그랬지유."

봄이 되면서 농성장 방문객도 급격히 줄어 대책위 실무자들만 자리를 지키는 날이 많았다. 차라리 치고받으며 싸울 일이 있는 것이 낫다 여겨질 정도였다. 묵묵부답. 정부는 그 어떤 반응을 보이지 않았다. 언론의 관심도 급속도로 사그라졌다. 대책위의 최석환은, 돌이켜보면 아무 일도 일어나지 않았던 그때가 가장 견디기 힘들었다고 털어놓았다.

대책위는 우선 가족들이 지칠까 걱정이 앞섰다. 조용히 살던 한 가족의 일상을 뒤흔들어놓은 죄스러움도 컸다. 가족에게 집회에서 마이크를 잡고 발언하도록 요청하는 것도, 기자회견이나 언론 접촉을 요구하는 것도 늘 미안했다. 매번 똑같은 진술로 인터뷰에 응하게 하는 것도 괴로웠다. 간병만으로도 지쳐 있을 가족들에게 무언가를 요청하는 일이 못할 짓이기도 했고, 그러지 않아도 백남기 농민에게 '전문 시위꾼'의 이미지를 씌우려 혈안이 되어 있는 상황에서 자칫 '데모꾼'들만 그득한 대책위 때문에 정치적 오해를 살까 걱정스럽기도 했다. 가족들이 대책위에 이용당한다는 식의 악의적인 판단도 있을 수 있기 때문이다. 그저 모든 것이 조심스러웠다. 하여 가급적 가족들이 간호에만 집중할 수 있도록 대책위에서도 가농이 주로 가족과의 소통을 담당했다.

한 치도 나아가지 못하는 상황을 변화시키기 위해, 청와대 앞에서 가족들이 1인 시위를 해보자는 제안이 3월에 나왔다. 그때 박경숙은 뭐라도 할 각오가 돼 있다며, 병원만 지키고 있어서 될 일이 아니라며 청와대 앞에서 피켓을 들고 1인 시위에 나섰다. 백도라지도 청와대 앞에 섰다. 저 멀리 네덜란드 로테르담역에서는 백민주화가 피켓을 들었다. 1인 시위이지만 대책위의 사람들이 늘 옆에 있었다. 가족들을 '1인'으로 두지 않았다.

참사를 겪은 가족들과 정치적 쟁점을 만들면서 싸워야 하는 대책위(나 투쟁본부)의 관계는 늘 어렵게 마련이다. 사람이 죽거나 크게 다친 현장에서 가족과 대책위의 갈등으로 결국 싸움을 접어야 했던 사례는 너무도 많다. 특히 고인이 평소에 가족들에게 자신의 활동을 이해받지 못한 상태였다면 상황은 더욱 어려워진다. 대책위는 종종 '내 자식을 죽인 원수들'이 되어버리기 일쑤였다. 분신한 노동자 가족이 고인과 함께 활동했던 노조 동료들의 문상을 거부한 일도 있었다. 상황을 빨리 정리하고 생계로 돌아가야 하는 가난한 가족이 많은 탓도 크다. 가난한 죽음 앞에서 끝까지 싸워보자는 말을 하기가 얼마나 어렵겠는가.

하지만 백남기 농민의 가족은 처음부터 대책위와 뜻을 함께했다. 엇박자가 난 적이 한 번도 없었다. 가족끼리 조용히 일을 해결하고 장례도 가족장으로 조용히 치르고 싶지는 않았을까? 박경숙은 싸워야 할 상대는 박근혜 정부이므로, 가족들끼리 해낼 수 없는 일이라고 못 박았다. 백도라지는 집에 늘 아버지의 농민운동 동료들이 드나들었기 때문에 가농 회원들도, 농민들도 자신에게는 익숙한 사람들이었노라 대답했다.

대책위 실무자들은 단호하고 현명하게 상황에 대처한 가족들 덕분에 이 투쟁을 해낼 수 있었다고 입을 모았다. 박경숙은 가족들을 지탱해준 이들에게 감사할 따름이라고 했다. "우리 가족끼리 어떻게 싸웠겠어유. 이 일이 해결될 때까지 대학로 귀신이 되겠다는 석환 씨부터, 함께 지켜준 시민들 덕분이지. 우리 가족끼리는 절대로 못 할 일이었어요. 감사하고 또 감사하고, 미안하고 또 미안할 뿐이지요."

이렇게 서로 미안해하고 고마워하면서 이들은 시간을 지탱하고 있었다. 하지만 정작 사과를 해야 할 자들은 끝끝내 이들을 돌아보지 않았다.

보성 부춘마을의 백남기 농민 자택.

어느 퇴임식

가족과 대책위는 경찰의 수장이자 최종 명령권자인 강신명 경찰청장이 백남기 농민 사건의 최종 책임자임을 분명히 하며, 살인미수로 그를 고발했다. 그러나 강신명은 조사 한 번 받지 않았고, 2016년 8월 22일 백남기 농민이 여전히 병상에서 사투를 벌이고 있을 때 화려한 퇴임식을 가졌다.

강신명은 이임사에서 "시위대가 폭력을 일삼으며 남에게 피해를 주는 그릇된 풍조가 해소될 수 있도록 경찰을 응원해달라"고 말했다. 칠순을 바라보는 농민이 최루액이 잔뜩 섞인 물대포의 집중 살수를 받아 사경을 헤매는 중이었다. 그러나 강신명에게 백남기 농민은 '폭력을 일삼으며 남에게 피해를 주는', 갑호비상명령을 내려 쓸어버려야 할 폭도이자 테러리스트일 뿐이었다. 그는 '정치'를 할 생각이 있다며 부끄러움 없이 향후 계획을 이야기했다. 2016년 9월 12일 열린 '백남기 농민 청문회'에서, 강신명은 "사람이 다쳤거나 사망했다고 무조건 사과하는 것은 적절치 않다"고 말하기까지 했다. 무단횡단으로 교통사고가 나서 다친 사람에게도 입에 올릴 수 있는 말이 아니다.

퇴임식에서, 강신명의 가족은 '자랑스러운 우리 아버지 사랑합니다'라는 플래카드를 준비해 와 다정하게 기념촬영을 했다. 그리고 그 사진은 보란 듯 언론에 보도되었다. 자신이 경찰 수장으로 있을 때 벌어진 사건으로 한 집안의 아버지이자 남편이 생사를 넘나들고 있었다. 언론에 공개한 저 가족의 화목한 이벤트가 누군가에게는 평생 씻을 수 없는 모욕이 될 것임을 그들은 정말 몰랐을까.

강신명이 '인간적으로는' 사과할 수 있지만 공식 사과를 하지는 않겠다고 말하는 퇴임식장 앞에서, 백남기의 딸 민주화는 인간의 자격에 대해 묻고 있었다. "당신이 최악의 경찰청장인 이유는 사고를 내서가 아니다. 사과 한마디 않고 퇴임식을 하고 있는 그 뻔뻔함이 당신의 이름을, 양심을 최악으로 만든 것이다. 진정한 경찰의 자존심이 뭔지 모르는 강신명이 사죄하는 날이 꼭 오길 바란다. 인간이라면 반드시 그래야 한다."

모욕에 맞서다

참사를 겪은 가족들을 더욱 참담하게 하는 것은 정권의 노골적인 폭력이 아니라 오해와 조롱이다. 세월호 유가족들이 진실 규명을 요구하며 수십 일째 단식 투쟁을 이어갈 때 그 앞에서 소위 폭식 '투쟁'을 벌인 잔인한 이들이 있었다. 백남기 농민 역시 직사된 물대포 못지않게 잔인한 말의 모욕을 받아야 했다. 소위 '일베'와 '태극기부대'가 퍼붓는 말들은 상상을 초월했다. 대책위에서 모은 모욕과 허위사실 제보는 눈을 뜨고 읽기 힘들 정도였다. 가족과 대책위는 그중에서 당시 MBC 김세의 기자와 극우 성향의 웹툰 작가 윤서인, 우익청년단체인 자유청년연합 대표 장기정을 정보통신망 이용 촉진 및 정보보호 등에 관한 법률상 명예훼손 혐의로 고발했다.

김세의는 자신의 페이스북에 이런 글을 올렸다. "납득하기 어려울 정도로 매정한 딸이 있다. (…) 사실상 아버지를 안락사시킨 셈 (…) 더더욱 놀라운 사실은 위독한 아버지의 사망 시기가 정해진 상황에서 해외여행지 발리로 놀러갔다는 점이다." 장기정 또한 트위터와 페이스북에 "아버지가 적극적 치료를 받지 못하면 사망할 것을 알면서도 적극적 치료를 거부해 사망케 한 것이다"라는 글을 올리고, 심지어 살인죄로 백도라지, 백두산, 백민주화를 고발하기까지 했다.

윤서인은 가족들의 거부로 백남기 농민이 치료를 받지 못하는 상황에서, 딸은 비키니 수영복을 입고 휴양을 즐기며 '아버지를 살려내라. x같은 나라'라는 글을 스마트폰으로 올리는 장면을 묘사한 그림을 자유경제원 사이트에 올렸다. 인도네시아 발리를 방문한 백민주화를 비꼬는 그림이었다.

하지만 검찰 조사에도 밝혀졌듯이 백민주화는 발리에 휴양 목적으로 간 게 아니었다. 새로 태어난 조카의 세례식에 참석하기 위해서 손윗동서의 친정으로 간 것이었다. 무엇보다, 자신이 아버지의 병상을 지키기 위해 한국에 나와 있는 동안 헤어져 있던 어린 아들과 남편이 만날 수 있는 기회였다. 마침 백남기 농민의 상태가 어느 정도 안정을 찾았던 때이기도 했다.

이들이 "사실상 안락사시킨 셈"이라느니 "적극적 치료를 거부해 사망케 한 것"이라고 비아냥댄 근거는, 백남기 농민의 가족이 마지막 연명치료인 신장 투석을 거부한 것이었다. 중환자실에서 연명치료를 받는 환자에게는 으레 신장 투석이 따른다. 그러나 회생 가능성 없는 중환자에게 신장 투석은 과도한 치료로, 더욱 고통을 가중시키는 일일 뿐이다. 게다가 백남기 농민은 평소 연명치료에 반대해왔다. 아버지의 뜻에 따랐던 것이 '비정한 딸'이 되는 빌미를 제공한 것이다.

백남기 농민의 가족과 대책위는 이 문제만큼은 단호하게 대처하기로 하고 명예훼손으로 이들을 고발했다. 김세의, 윤서인의 변호사는 그 자신이 뉴스 메이커인 강용석 변호사였다. 백남기 농민의 장례도 이미 끝난 2018년 3월, 네덜란드에 거주 중인 백민주화가 아이와 함께 입국했다. 피고 측에서 백민주화를 증인으로 소환했기 때문이다. 네덜란드 시민으로 직장생활을 하고 있는 사람을 무리해서 불러들이는, 다분히 의도적인 증인 신청이었다. 백민주화는 고민 끝에 법정에 출석하기로 결정하고 귀국했다. 무거운 마음을 안고 한국까지 왔는데, 재판 당일 김세의는 MBC 아나운서였던 배현진의 국회의원 출마 기자회견에 참석하느라 지각까지 했다.

법정에서 판사는 백민주화에게 발언 기회를 주었다고 했다. "그간 우리 가족의 고통에 관심도 없던 사람들이 내가 발리에 간 것에는 왜 그렇게 관심을 쏟았는지 물었어요. 그렇게 재미있었느냐고요. 울면 안 되는데 화가 나서 눈물이 났어요. 그 사람들 SNS에 들어가보니 아기도 있고 가정을 꾸린 사람들인데 그런 글을 쓰다니 놀라웠어요."

결국 윤서인과 김세의는 그런 사정이 있었는지 몰랐다는 초라

"진정한 경찰의 자존심이 뭔지 모르는 강신명이 사죄하는 날이 꼭 오길 바란다.
인간이라면 반드시 그래야 한다." 백남기 농민의 차녀 백민주화.

한 변명을 늘어놓은 끝에 "백민주화 씨 죄송합니다"라는 한마디를 던졌다. 하지만 가족들과 대책위는 이들에게 응당의 죄값을 묻겠다는 신념에는 변화가 없다. 이들이 그동안 악의적으로 괴롭힌 사람들이 백남기 농민 가족만이 아니었기 때문이다. 세월호 유족, 일본군 위안부 피해자, 구의역 사망사고 희생자 등 사회적 약자와 피해자들의 고통을 신나게 조롱해왔기 때문이다. 그 대가를 치르게 하는 것이 이 고소의 목적이다.

재판이 있던 그날 법정에서 고개를 숙였던 그들은, 자신의 SNS에 재판이 끝난 후 강남의 양식당에서 먹은 음식 사진을 잔뜩 올리며 스트레스를 풀었다. 윤서인과 김세의는 2018년 10월 26일 각 벌금 700만 원의 유죄 선고를 받았다.

백남기 농민의 투쟁, 박경숙 농민의 투쟁

백남기 농민 투쟁은 곧 박경숙 농민의 투쟁이었다. 박경숙은 백남기 농민의 아내이자 동지였고 그의 심중을 가장 잘 헤아리는 사람이었다. 춥고 더운 날 아스팔트 위에서 고생하는 손주는 안쓰럽기 짝이 없고, 각자의 가정과 생활이 있는데도 이 싸움에 매달려야 하는 자식들에게 미안한 마음도 있었다. 그래도 이 싸움의 끝을 봐야 했다. 물대포에 쓰러진 것은 백남기 한 명이 아니었기 때문이다. 그는 이것이 이 나라가 농민들을 그토록 멸시해온 결과라고 힘주어 강조했다. 의식이 없어 말은 못했지만, 남편이라면 절대로 타협하지 말고 박근혜와 싸우라고 했을 것임을 확신한다고 단호히 말했다.

평생 농민운동을 하느라 호강 한번 못 시켜준 남편이, 이렇게 창졸간에 목숨까지 잃게 된 것이 원망스럽지 않을까? 박경숙은 남편이 옳은 일을 하겠다는 데 말릴 이유가 없었노라 답했다. 백남기 농민은 평소에 가족에게 자신의 신념을 숨기지 않았고, 가족 모두 자신만의 신념을 갖기를 원했다. 남편의 '의식화 교육'에 박경숙이 감화된 것이 아니었다. 농민의 삶이 이토록 힘든 것은 노력이 부족해서가 아니라 농촌정책, 농업정책의 문제라는 사실을 농사를 지어보면 누구나 알 수 있다고, 박경숙은 농민으로서 자신의 신념을 이야기했다.

"어떻게 보면 이렇게 된 것도 자기 숙명인 것 같아요. 이 세상 바꾸는 데 불쏘시개라도 된다면 나서서 그리할 양반이에요. 당신은 왜 자꾸 신문에 날 일만 하느냐 했는데, 이렇게 세상을 뒤집어버리고 가시니 백남기답다 싶어유."

유언도 남기지 못하고 떠난 남편에게 섭섭하지는 않을까? "아니유, 우리는 영원히 함께 살아유."

밀밭으로 가고 있는 박경숙.
남편과 함께 걷던 길을 이제 혼자 걷는다.

10

여섯 번의 부검영장을 막아내며

백남기 농민이 물대포를 맞고 쓰러져 서울대병원 응급실에 실려 온 지 열 달을 넘어서고 있었다. 열 달 동안 계절이 세 번 바뀌었다. 추석이 이른 해였다. 음력 8월 24일생인 백남기 농민은 여느 해보다 이른 추석과 칠순을 맞이할 수도 있었다. 그렇게 9월 4주차에 접어들고 있었다.

2015년 9월 21일 수요일, 병원에서 백남기 농민이 위독하다며 가족들에게 임종을 준비하라고 통보했다. 임종, 마지막을 맞는다는 뜻이다. 인간이 맞닥뜨리는 가장 독한 환영식.

"5월, 7월, 9월에 고비가 한 번씩 있었는데 9월은 못 넘기실 것 같다는 생각이 들었어요. 각오는 했지유, 매번. 포기는 1년 전부터 했었지만도 막상 전해 들으니 마음에 전율이 와요. 정말 이 양반이 가시려나." 남편을, 아버지를 보내겠다는 준비는 각오를 세운다고 되는 것이 아니다. 하지만 가족이 정작 독한 마음의 준비를 해야 할 일은 다른 데에서 벌어졌다.

혈액이 감염되고 신장 기능이 점점 떨어지고 있으며 이뇨제 투여도 2배로 늘리고 폐에 물이 차서 산소 농도도 2배로 올렸다 함. 당장 오늘내일 일은 아니나 장례 문제를 포함해 조속한 내부 논의 필요. 검찰이 부검하겠다는 의사를 병원 측에 알려왔다고 하니, 이와 관련한 논의도 필요. 최근 검찰의 부검 강행 가능성으로 봐서 시신 탈취 가능성을 배제할 수 없는 상황임. 부검 강행에 대한 대응 논의 필요.

백남기 농민의 사인은 분명했다. 물대포의 위력적인 직사 살수를 상반신에 집중적으로 맞고 머리에 큰 충격을 받아 의식을 잃고 바닥에 그대로 쓰러졌다. 바닥에 그대로 쓰러져 전혀 움직임이 없는 상태에서도 경찰의 직사 살수는 17초간 계속됐다. 병원에 실려 왔을 때 이미 코마 상태로, 기도 삽관을 통해 인공호흡기를 달았다. 뇌 전산화 단층촬영(CT)을 통해서도 외부충격으로 인한 두부 손상, 보통 뇌출혈이라고 부르는 급성경막하출혈이라는 진단이 나왔다. 병원에 도착한 직후부터 회복은 불가능하고 보존치료 정도만 가능하다는 의학적 판단이 내려진 상태였다.

분명한 것은 백남기 농민의 사인이 외인에 의한 뇌출혈이고 그 외인이 물대포의 직사 살수라는 사실이다. 사고 당시를 기록한 동영상과 사진, 그리고 10개월간 쌓인 의료 기록이 이를 증명한다. 하지만 검찰과 경찰은 백남기 농민이 운명하기 한참 전부터 부검

---

* 이 장의 인용문에서 발신처를 '대책위'로 표시한 것은 대책위 내부의 소통 내용이다.

을 준비한 것으로 밝혀졌다. 2018 경찰청 인권침해 진상조사 보고서는 사고가 일어난 지 2주 뒤인 2015년 12월 2일, 대검찰청에 모인 검경이 백남기 농민 사건에 대한 후속 처리에 골몰했음을 보여준다. 이 회의에서 "뇌사 판정 및 사망 선고를 하더라도 부검 등 규정대로 관련 절차 진행", "사체 부검은 국립과학수사연구원 서울 분원에서 진행", "변사사건 처리는 종로경찰서 형사과에서 담당"과 같은 세부 부검 진행 절차를 저들끼리 확정해놓았던 것이다.

백남기 농민이 병원에 실려온 직후인 2015년 11월 18일, 가족과 대책위는 살인미수 혐의로 강신명 경찰청장을 비롯해 물대포의 발포 명령권자와 살수 요원 2명을 고발했지만, 검찰은 열 달이 지나도록 조사에 착수도 하지 않았다. 그럴 수밖에 없었을 것이다. 그 와중에 사망하지도 않은 백남기 농민의 부검 준비를 위해 굳건한 공조를 하고 있었으니 말이다.

2016년 9월 21일부터 백남기 농민의 상태는 급격하게 악화되고 있었고, 대책위와 가족은 임종 며칠 전부터 중환자실 앞에서 밤새 대기하고 있었다.

2016년 9월 23일 금요일(백남기 농민 70세 생일 하루 전 날) / 대책위 담당 의사가 사모님께 어르신 상태가 매우 안 좋다고 함. 시신 탈취에 대비한 대기조도 오늘부터 준비해야 함. 부검에 대한 대응 필요. 시신 탈취를 막기 위한 사수대 준비. 사망 선고 이후 장례식장으로 이동할 때나 장례식장에 안치한 후 사람이 없을 때 시신 탈취 가능성이 있는 만큼, 서울 지역에서 사망 소식을 듣고 1시간 안에 달려

올 수 있는 동지를 중심으로 조직화 필요. 가능하면 밤에 농성장 및 장례식장에 머물 대오 필요함.

가족의 임종이 임박하면 남은 이들은 장례 준비에 들어간다. 함께 임종을 할 가까운 친지들에게 연락하고 장례 절차를 의논한다. 장례의 형식이나 장지 마련 등을 의논하는 것이다. 그러나 백남기 농민의 장례 준비는 시신을 지키기 위해 경찰과 맞설 태세를 갖추는 것부터 해야 했다. 백남기 농민이 병원에 실려 온 뒤 가족과 눈빛도 한 번 나누지 못한 채 영원한 이별을 고하는 순간까지도 시신을 빼앗길까 두려워해야만 했다. 슬퍼할 겨를마저 없었다.

2016년 9월 24일 토요일(백남기 농민 70세 생일) / 대책위
매우 위독해지신 상태. 주말을 넘기기 어려울 거 같다는 의료진 의견. 가족 대기해달라는 의료진 요청 있었음. 검경의 부검 의지 확인. 가족과 임종 이후 상황 논의. 장례를 치를 수 없음. 부검 반대 의사 명확히 함. 토요일 오후 12시 이후부터 대책위 참가 단체들은 가능한 농성장에 결합하고, 운명하실 경우 1시간 이내 병원으로 가능한 인원 집결할 수 있도록 준비 필요. 병원 외곽에 경찰 10개 중대가 곳곳에 배치된 상태. 중환자실(3층)이 있는 건물 1층 로비에 10여 명 사복 대기 상태.

병원 안팎의 상황이 급박하게 돌아가는 와중에 백남기 농민의 칠순 생일을 맞았다. 100세 시대를 이야기하는 세상에 잔치까지

야 열었을까마는, 칠순 기념으로 네덜란드에 있는 둘째 딸네로 내외가 모처럼 여행이라도 갔을지 모를 일이다. 하다못해 가족들이 모여 식사를 하고 사진도 한 장 찍었을 그런 날이어야 했다. 대책위의 박선아는 집에서 미역국을 끓여 와 박경숙에게 한 술 뜨길 권했다. 임종 준비 통보를 받고 음식을 입에 넣는 일이 무척이나 고통스러웠지만 그래도 끓여온 정성이 고마워서, 그리고 아직은 살아 있는 사람의 생일 미역국이라 여겨 박경숙은 중환자실 앞 벤치에서 몇 술 넘겼다.

평생 누군가에게 무언가를 먹이는 일을 숙명으로 여긴 부부였다. 보성의 백남기 농민 집에는 늘 사람들이 몰려들었다. 가톨릭농민회 광주대교구 회장을 맡아 농민운동에 매진할 때는 20~30인분씩 차려내는 게 일상이었다. 돈도 없고 찬거리가 없어도 오로지 장맛과 손맛으로 뚝심 있게 밥상을 차려 냈다. 집 마당에서는 이런저런 행사도 많이 열려, '뷔페식'으로 음식을 먹는 방법을 도입한 것도 이 동네에서는 백남기 부부가 처음이었다고 한다. 이 부부의 자녀들은 늘 집에 손님들이 드나들고 함께 식사를 하는 일이 익숙했다고 말한다.

2015년 9월 24일. 혜화동 서울대병원 앞 농성장에서도 작은 잔치가 열렸다. 이 날은 백남기 농민의 일흔 번째 생일, 칠순을 맞는 날이었다. 평생을 백남기와 형님아우 하던 가톨릭농민회 광주교구의 김창화, 채행자 부부가 남도음식을 넉넉하게 이고지고 올라왔다. 살아 있는 사람을 위한 미사가 생미사다. 이 날이 백남기 농민의 마지막 생미사가 될 줄 모르고 사람들은 미사를 마쳤고, 떡과 막걸리, 홍어무침과 고기를 나눠 먹었다.

백남기 농민의 70세 생일을 축하하며 모두 기적을 바라고 있던 그 순간에도 서울대병원 담벼락 안팎의 상황은 급박하게 돌아가고 있었다. 백남기 농민의 상태는 언제나 가족도 알기 전에 먼저 어디론가 보고되고 있었다. 당시 청와대 정무수석 현기환은 경찰 정보라인을 통해 백남기 농민의 상황에 대해 실시간 정보를 받아 비서실장 이병기에게 세세하게 보고한 것으로 밝혀졌다.

"두 시에서 다섯 시 사이에 가셨으면 좋겠다 생각했어요. 점심 시간에 돌아가시면 사람들이 밥을 못 먹응께. 점심에 식사하게 하고 훤한 시간에 가시면 좋겠네, 그렇게 생각했지유." 그 시간은 병원에서 이미 가족에게 임종을 준비하라 말한 이후였지만, 박경숙은 고생한 사람들 점심이라도 편하게 먹을 수 있도록 이런 소식을 알리지 않았다. 남편이 떠날 때 사람들이 너무 적어서 쓸쓸하지 않기를 바라기도 했는데, 칠순의 생일과 주말을 맞아 평소보다 사람들이 북적였다. 그렇게 백남기는 아내의 작은 희망사항을 들어주고 끝내 눈을 감았다.

2016년 9월 25일 일요일 13시 58분 / 대책위

조금 전 오후 2시 14분경 백남기 농민이 운명하셨습니다. 지금 경찰이 서울대병원 모든 문을 봉쇄했고, 추가적인 병력을 배치하고 있습니다. 부검을 위한 시신 탈취 가능성이 매우 높습니다. 지금 즉시 서울대병원으로 집결해주시기 바랍니다. 서울대병원 3층 중환자실로 어떻게 해서든 모여주시기 바랍니다.

대책위의 타전 속보는 늘 '어떻게 해서든' 모여달라는 호소였다. 병원 주변을 경찰이 둘러싸고 진입을 막았다. 그래도 사람들은 '어떻게 해서든' 모였다. 백남기 농민 운명 전 날부터 혹시 모를 시신 탈취에 대비하기 위해 200명이 철야로 대기하고 있었다.

남편이 병상에 누워 있는 동안 산소 농도, 승압제, 혈압 팽창 같은 의료 용어가 박경숙의 입에 붙었고, 임종 순간의 산소주입 용량 하나도 놓치지 않고 기억하고 있었다. 인공호흡기를 달고 있는 환자들의 산소 농도는 보통 21%이지만, 백남기 농민에게는 30%라는 높은 수준의 인공호흡기 산소 농도가 주입되었다. 운명을 앞둔 마지막 주에는 산소 농도를 40%에서 60%까지 올렸다가, 운명 하루 전 날에는 100%까지 올렸다. 하지만 이미 생명은 빠져나가고 있었다. "중환자실에 올라가니 의사 표정이 안 좋아 '아, 이제 가시는갑다' 했어유. 산소를 100%까지 넣어도 안 되니까 이제 숨 거두시는 것 같은데, 의사가 산소마스크를 안 떼고 식구들을 빨리 부르라고 하더라고요."

담당 전공의가 사망 진단서에 적은 사망 시각은 13시 58분, 하지만 투쟁본부가 밝힌 운명 시간은 14시 14분이다. 이 16분의 시간차에는 담당 전공의의 마음이 깃들어 있다. 식사하러 간 장녀 백도라지가 돌아와 임종을 지킬 수 있게 기다려준 시간이기도 했고, 시신 탈취에 대비할 수 있도록 대책위에게 벌어준 시간이기도 했다.

경찰들이 백남기 농민과 가족들의 동향을 대책위보다 먼저 파악하고 있었다. 운명 소식이 전해지면 경찰이 시신 탈취를 시도할

경찰이 여섯 번째로 백남기 농민 시신 부검영장 집행을 시도했던 2016년 10월 25일.
시민들의 저항으로 집행은 무산됐다.

것이었다. "어르신 운명하셨다는 소식을 듣고 중환자실로 뛰어 올라가는데 경찰들도 같이 뛰어 올라가더라고요. 이것들이 먼저 치려는 거죠." 대책위 최석환은 '아수라장'이었던 그날 중환자실 앞 상황을 전했다.

대책위는 환자의 상태가 매우 위독하다는 의료진의 판단이 나오자마자 서울대병원 노조를 찾아갔다. 중환자실에서 환자가 돌아가실 경우 어떤 과정을 거쳐야 하는지, 장례식장으로 운구는 어떻게 해야 하는지를 문의하기 위해서였다. 서울대병원 노조의 협조로 중환자실에서 장례식장으로 시신을 무사히 옮길 수 있도록 미리 동선을 짜고 철저하게 대비했지만, 막상 닥치니 두려웠다. 경찰의 병력 배치가 심상치 않게 늘어나고 있었기 때문이다. 병실 안에서 의료진이 사망 선고를 내린 뒤 가족들이 이를 확인하는 절차가 끝나 시신을 인계하면, 그때부터는 온전히 가족의 책임이다. 혹여라도 백남기 농민의 시신을 빼앗기게 되면 이후 병원 측에 책임을 물을 수도 없고 온전히 가족이 감당해야 한다는 뜻이기 때문에 더욱 긴장할 수밖에 없었다.

서울대병원 중환자실에서 영안실이 있는 장례식장까지 시신을 운구하려면 건물 구조상 잠시 밖으로 나와야 한다. 이동식 침대로 시신을 옮기는 경우는 없기 때문에 짧은 거리여도 운구차로 이동한다. 아무리 무도한 공권력이라 해도, 환자들과 보호자, 의료진이 상주하고 있는 병원 건물 안에서는 무리하게 시신 탈취를 시도하기 어려울 것이라는 생각은 들었다. 문제는 병원 건물 밖으로 고인의 시신이 나올 때였다. 중환자실에서 나와 엘리베이터를 타는 짧은 거리조차 고인의 시신 주변을 겹겹이 둘러싸면서 이동했다. 병원 밖에 나왔을 때는 전날부터 중환자실 근처에서 대기하던 200명의 사람들이 운구차를 재빨리 에워쌌다. 그때 누군가가 외쳤다. "세월호 부모님들께서 앞자리를 지켜주세요!" 세월호 희생자 학생 부모들이 망설임 없이 운구차 바로 앞에 서서 경찰과 맞섰다. 경찰도 세월호 부모들의 노란 옷은 바로 알아보고 함부로 건드리지 않는다는 것을 알고 있었기 때문이다

말 그대로 너 나 할 것 없이 사람들로 운구차를 돌돌 말아서 조금씩 영안실로 움직였다. 자식을 잃은 세월호의 엄마 아빠들, 세상에서 가장 슬픈 사람들을 앞세웠다. 일부러 머리수건을 잡아당기는 경찰들이 있다는 걸 알면서도 기꺼이 앞에 선 수녀들, 성직자들, 청년 학생들까지, 비감한 마음으로 백남기 농민을 지켰다. 서울대병원 중환자실에서 장례식장까지 고작 400여 미터를 무려 한 시간이나 걸려 무사히 백남기 농민을 영안실에 모셨다. 9월 25일 오후 3시 30분쯤이었다.

시신 안치실에 고인을 운구했지만 장례 일정을 잡는 일은 막막하기만 했다. 보통의 장례는 3일장이니 5일장이니 하지만, 이 장례는 기약을 할 수 없었다. 길어질 장례에 대비해 시신을 냉동고에 모셔야 하는 상황이어서 우선 가족들끼리 조용히 입관식을 치렀다. 입관 전에 마지막으로 보는 백남기 농민의 얼굴은 평온했다.

2016년은 윤년이었다. 덤으로 얻은 날이 있어 손 없는 해라고 한다. 어차피 공짜로 얻은 날이니 손(귀신)들도 사람에게 샘을 놓지 않는다는 것이다. 그래서 윤년에 수의를 지어놓으면 무병장수

한다는 속설이 있다. 큰딸과 사위가 사준 옷을 입고 서울에 올라왔다가, 지상에서의 마지막 옷으로 갈아입었다. 무병하였으나 장수하지 못한 채로.

2016년 9월 25일 일요일 14시, 임종 직후 / 백남기 담당 전공의

"네? 병사라고요? 병사요? 병사 말입니까?"

백남기 농민의 사망 선고를 내린 직후, 사망진단서를 작성하려던 담당 전공의는 백선하와 통화하면서 몇 번이나 물었다. 그러고 나서 백남기 사망진단서에 직접사인으로 '심폐정지', 심폐정지의 원인은 '급성신부전'이며 이의 원인은 '급성경막하출혈'이라고 적었다. 사인을 병사로 표기한 사망진단서가 작성된 것이다. 백남기 농민의 사망 원인이 외인사가 아니라 병사라고 적히면서, 경찰은 백남기 농민 사건을 변사사건으로 접수했다. 이 사망진단서로 인해 변사사건이므로 정확한 사망 원인을 밝혀야 한다는 명분과 부검 시도의 빌미를 제공하게 된 것이다.

이 사망진단서를 작성한 전공의는 2016년 7월부터 백남기 농민을 담당한, 그의 마지막 의사였다. 백선하 교수와 한통속으로 묶여 보도되는 바람에 곤란을 겪었다. 그러나 가족들은 끝까지 그에게 고마워하고 의지했다. 하필 사망진단서를 작성했던 것 때문에 그의 이름이 언론에 오르내리게 된 것에 많이 미안해했다.

"이 양반, 가실 때까지 참 복이 많다고 생각했어유. 담당 전공의가 바뀌고 시간이 엇갈려서 일주일을 못 봤어. 그런데 나한테 와서 '제가 어머님 못 뵈었습니다. 많이 관심 갖고 지켜보고 있습니다. 위로는 안 되겠지만 열심히 하겠습니다' 하드라구. 다른 의사들은 자기들 볼일만 보는데 그 양반은 꼭 나한테 무슨 약이 들어갑니다, 이건 이런 증상이어서 쓰는 겁니다 하고 설명을 찬찬히 잘해줘. 그것만으로도 고마웠지."

게다가 그는 훗날 가족과 대책위가 백남기 농민의 사망 원인과 관련해 진상을 밝힐 수 있는 근거도 남겨주었다. 그가 의무기록지에 "진료부원장 신찬수 교수님, 지정의 백선하 교수님과 상의하여 사망진단서 작성함"이라고 이례적인 메모를 남긴 덕분이었다. 그는 백남기 농민 가족에게 청문회 전이라도 의학적인 의문점에 대해 질문할 것이 있으면 언제든지 돕겠다는 뜻을 전하기도 했다.

사망진단서(병사) 발급 경위 / 2018 경찰청 인권침해 진상조사 보고서
피해자가 2016. 9. 25. 13:58경 사망하자 신경외과 전공의는 유선상으로 백선하 교수의 지시를 받아 사망 원인란에 (가) 직접사인에 심폐정지, (나) (가)의 원인에 급성신부전, (다) (나)의 원인에 급성경막하출혈을 적고 사망의 종류를 병사로 표기하는 사망진단서를 작성하였다.

백남기 농민 사망진단서의 문제는 '심폐정지'라고 적은 직접사인이었다. 사실 이것은 문제라기보다는 코미디다. 왜냐하면 사람은 누구나 심장이 멈춰서 죽기 때문이다. 따라서 의사 국가시험에서도 심폐정지를 직접사인으로 적지 않아야 함을 확인하는 문제

가 출제된다. 심폐정지를 직접사인으로 적으면 가장 중요한 사망 원인, 이 환자가 왜 이렇게 죽게 되었는지를 알 수 없게 되기 때문이다. 이런 의료계의 상식조차 무시된 이유는 분명하다. '물대포'라는 명백한 외부원인(외인)을 명시하지 않기 위해서인 것이다. 그러자 전국의 의대생, 의학전문 대학원생들을 비롯해 현직 의사들까지 강력하게 반발하고 나섰다. 외인사가 분명한 사망 원인을 병사라 기재한 것은 명백한 오류이자 의료인의 양심을 저버린 행위였기 때문이다.

결국 서울대병원은 2017년 6월 15일, 백남기 농민의 사망진단서를 '외인사'로 변경하고 대국민 사과를 한다. 변경된 사망진단서에서는 직접사인은 심폐정지에서 급성신부전으로, 중간사인은 급성신부전에서 패혈증으로, 선행사인은 급성경막하출혈에서 외상성경막하출혈로 각각 수정되었다. 이는 백남기 농민이 죽음에 이르게 된 과정, 즉 물대포(외인)에 의해 경막하출혈이 발생해 수술과 치료를 받다, 치료 과정 중에 패혈증으로 사망했음을 알려준다.

최초의 사망진단서에서 문제가 된 것은 또 있다. 중간사인으로 적었던 '급성신부전'이다. 백선하는 백남기 농민이 머리 손상 외에 여러 가지 이유에 의한 합병증으로 숨졌다고 주장했다. "환자의 합병증에 대해 (가족이) 적극적으로 치료받기를 원하지 않아 급성신부전증이 치료되지 않은 것을 직접사인으로 본다"는 논리로, 백선하는 '병사'라고 기재한 사망진단서에 문제가 없다고 했다. 신장 투석을 하지 않겠다고 한 가족의 결정 때문에 백남기 농민이 사망에 이르렀다는 뜻이었다.

백남기 농민이 중환자실에 누워 있던 2016년 7월 17일 위기가 한 번 찾아왔다. 상태가 위독해지면서 가족들은 '말기 환자의 연명의료 계획서'를 작성했다. 연명의료 계획서는 임종이 가까워지거나 소생이 불가능하다고 판단될 때 담당 의사가 환자에 대한 연명의료 지속 혹은 중단 결정을 하거나 호스피스 관련 계획을 세우기 위해 작성한다. 심폐소생술 실시와 인공호흡기 사용, 신장 투석 실시 여부에 대한 가족의 동의를 주로 묻는다. 백남기 농민이 사고 직후 응급실에 실려 왔을 때에 "아버님(백남기)의 경우 심폐소생술을 실시하면 갈비뼈만 부러집니다"라며 심폐소생술 무용론을 편 것은 바로 백선하 교수였다. 가족들은 전문가인 의사의 말에 따라 심폐소생술을 하지 않겠다고 결정했다. 신장 투석도 마찬가지였다. 박경숙과 백도라지는 당시 중환자실의 신경외과 소속 환자들이 투석하는 걸 유심히 지켜봤다. 중환자실 환자들이 하는 투석은 일반 신장 질환 환자와는 달리 24시간 내내 해야 하는 것이었다. 그저 살려만 두기 위한 조치일 뿐 환자의 고통을 가중시키는 것이었으므로, 의미 없는 치료라는 결론을 내렸다.

박경숙이 연명치료에 반대한 이유 중 하나는 평소 백남기의 뜻을 존중하고 싶었기 때문이다.

"병원에 도착해서 보니 이미 간 양반이야. 그런 모습 보여주는 거 굉장히 싫어하는 양반이에유. 누운 채 가족들에게 짐 되는 거 아주 싫어했을 사람이야. 나도 마찬가지고요. 그런 일은 없어야 하지만, 만약에 이런 일 생겨도 절대 연명치료 하지 말라는 거 본인이 많이 강조했어유. 그때 내가 온전히 활동할 수 있으면 일어나시고 그렇지 않으면 가셔요, 했어요. 그게 당신 뜻이라는 거 내가 아니까. 자가 호흡만 해도, 벽에 기대서 살더라도 깨어나달라고 내가 기도를 했을 거유. 그런데 자가 호흡이 안 되는데 어쩌겠어요. 깨어나게 해달라는 그런 기도도 소용없을 정도로 이미 떠난 양반이라는 생각이 들었어요."

백남기 농민이 의식을 잃고 병원에 실려 와 회생 가능성이 없다는 이야기를 듣고, 가족들은 편히 보내드릴 마음을 처음부터 먹었다. 평소에 건강하셨으니 필요한 환자들에게 장기 기증을 하는 것이 고인의 뜻이라 가족들은 확신했다. 그래서 백선하를 찾아가 장기 기증 의사를 밝히고 뇌사 판정을 해달라 요청했다. 하지만 어떤 연유인지 이리저리 피하는 느낌을 받았다. 그때 백선하의 태도를 보고 가족들은 뇌사 판정을 다시 요구하면 분명 나중에 문제 삼을 것이라 직감했다. 백남기의 가족이 처음부터 환자를 살릴 마음도 없었고, 치료에도 적극적으로 나서지 않아 환자를 죽음에 이르게 했다는 모략을 할 것이 뻔해 보였기 때문이다. 그래서 더 이상 장기 기증을 위한 뇌사 판정 요청을 하지 않았다. 그리고 아버지가, 남편이 버티는 한 함께 버티자고 결심했다. 그러고 나서, 마지막 몸까지 세상에 내놓으려 했을 때는 받아주지 않더니 주검은 내놓으라는 어처구니없는 상황이 벌어졌다.

2016년 9월 27일 / 유족 탄원서

가해자로 저희에게 형사고발을 당한 경찰이 저희 아버지, 남편의 시신에 대한 부검영장을 거듭 신청하고 있다는 소식을 접했습니다.

저희는 아버지, 남편을 고이 보내드릴 시간도 갖지 못한 채 경찰 때문에 하루하루 마음을 졸이고 있습니다. (…) 경찰 손에 돌아가신 고인의 시신에 경찰의 손이 다시 닿게 하고 싶지 않습니다.

부검 절차가 필요할 때가 있다. 사인이 불분명하여 법의학적인 판단을 내려야 할 때는 반드시 거쳐야 하는 법적 절차다. 하지만 백남기 농민의 경우 받아들일 수 없는 부검이었다. 백남기 농민이 숨을 거두기 전부터 검경은 부검 예고를 했고, 9월 25일 임종하자마자 부검영장을 들이밀었다. 경찰은 백남기 농민의 상태가 위독하다는 정보를 듣고 47개 부대 총 2,400여 명을 '백남기 농민 관련 즉응부대'로 편성해 서울대병원 곳곳에 배치했다. 이런 경찰 배치는 시신을 탈취해서라도 부검을 강행하겠다는 그들의 의지를 보여준다.

"어르신 돌아가시고 나서 사인이 불분명하다는 게 이유였어요. 그 사인을 밝히기 위해 부검을 해야 한다는 주장이 받아들여졌고, 영장이 나왔으니 집행하겠다는 거죠. 그런데 영장이 나온 상태에서는 물리적으로 막지 않는 이상 부검을 막기가 어려워요. 다 같이 싸워야겠다고 생각은 했지만 경찰의 물리력을 막는 게 과연 가능할까 싶었습니다. 영장 집행하러 경찰이 여섯 번을 왔는데 그때마다 긴장이 됐어요. 어르신 지켜내겠다고 모인 사람들이 없었다면 집행이 이뤄졌을 거예요. 1차 집행 때는 변호인단이 적법한 절차를 요구하며 돌려보냈지만 그다음엔 형식적으로라도 절차는 갖춰서 온 거니까요. 돌이켜보면 한 달(영장 유효 기간)이라는 시간이 짧지 않아요. 마음만 먹으면 와서 집행할 수 있는 상황을 막았으니, 이건 정말 시민들의 힘입니다."

백남기 농민 법률대리인단의 오민애, 송아람 변호사가 당시의 급박한 상황을 전했다. 당시 민변 회원 변호사들의 온라인 단체방에서는 상황이 실시간으로 공유되면서 영장을 기각시키려는 그들의 투쟁이 진행되고 있었다. 언제 부검이 집행될지 알 수 없으니 변호사들이 당번을 짜서 병원을 지켰다. 혜화동 서울대병원과 서초동 법원 사이를 택시를 타고 '날아다니면서' 영장 기각을 위해 매번 법을 앞세우며 싸웠다. 적법한 부검영장을 거부하는 것에 반발하는 여론도 당연히 있었다. 그렇다면, 부검이 진행되었다면 어땠을까? "부검 결과 사인이 확정되고 나면 그것을 반박하기는 어려워지죠. 법정에서는 그 부검 결과를 갖고 싸우는 수밖에 없는데, 쉽지 않거든요." 오민애, 송아람 변호사의 대답이다.

1996년 3월 29일, 당시 집회에 참가했던 연세대 2학년 노수석 열사가 소위 경찰의 토끼몰이식 진압으로 사망한 사건이 있다. 시신을 검안했을 때에 특별한 외상이 발견되지 않자, 검경은 정확한 사인을 밝힌다며 부검을 했다. 사망 다음 날인 1996년 3월 30일, 정확한 사인을 밝히기 위해 유족과 학생대표도 부검에 동의했다. 당시 연세대 법의학 교수 조상호, 고려대 법의학 교수 황적준, 국립의료원 신경외과 전문의 이승철, 인도주의실천의사협의회(인의협) 소속 의사 양길승, 노수석 열사의 당숙인 의사 노광을, 변호사 이덕우, 학생 대표와 유족 6명, 한겨레와 연합통신의 기자 2명이 국과수의 부검 현장에 입회했다. 이 정도의 전문가가 입회한 자리에서 부검 결과가 조작될 리 없다고 믿은 것이다.

당시 부검의들은 "심장이 비대 확장된 것으로 보아 심근증이나 심근염의 가능성이 높"다며 "직접사인을 내인성 급성심장마비로 추정"한다고 발표했다. 하지만 당시 부검을 참관했던 양길승 박사는 "노군과 같이 평소 건강하게 지내던 청년이 외부충격이 없는 상황에서 갑작스런 심장이상 증세만으로 사망했다고 보기는 힘들다"고 반박했다. 노수석에게 심근병증이 있다 하더라도 일상생활에 아무 문제가 없을 정도로 자각 증세도 없었고, 병적기록상 1급 현역 입영 대상이었다. 이런 건장한 청년이 사망한 데에는 "시위 진압 과정에서 가해진 외부적 충격이 심장에 영향을 주어 사망했을 가능성이 높다"고 주장한 것이다. 그러나 결국 국과수의 공식적인 부검 결과인 '심장이상에 의한 돌연사'가 사인으로 확정됐고, 토끼몰이식의 과잉진압을 한 경찰은 면죄부를 받았다.

전농 정책부장으로 농성장 살림을 도맡았던 이종혁은, '부검을 하겠다고 시신을 탈취할 가능성이 있다는 것이 말이 되나?'라고 어이없어하다가, 이미 그런 일이 많았다는 얘기를 듣고 충격을 받았다고 털어놓았다. 1991년 고문에 의한 의문사 의혹이 있던 한진중공업 박창수 열사의 경우, 백골단이 안양병원 영안실을 뚫고 들어와 시신을 탈취해 간 일이 있었다. 옛날 일만도 아니다. 2014년 5월 17일 삼성전자서비스 협력업체 노조에서 활동하던 염호석 열사가 삼성의 노조 탄압 문제를 고발하며 스스로 목숨을 끊었다. 이때에도 노동조합이 주관하는 장례식장에 경찰 250여 명이 들이닥쳐 캡사이신이 든 최루액을 뿌리며 시신을 탈취해 갔다. 무노조

경영을 이어가기 위해 노조 주관의 장례식을 용납할 수 없었던 삼성이 개입한 사실이 밝혀지면서 더욱 큰 충격을 주었다.

공권력이 시신이라는 인간의 마지막 존엄을 보호하기는커녕 오히려 빼앗고 훼손하는 일이 이처럼 여러 차례 있었다. 그들이 부검을 핑계로 백남기 농민의 존엄을 훼손하고 모독하는 것은 반드시 막아내야 했다.

"부검영장 떨어져서 시신을 빼앗기지 않은 적이 없다고 하더라고요. 그런데 나는 절대 그 양반 몸에 칼을 대지 않을 거라 결심했어요."

박경숙의 결심대로, 가족과 대책위는 부검영장 유효 만료 시점인 2016년 10월 25일까지 총 여섯 번의 부검영장 집행을 막아냈다.

2016년 10월 22일 SBS의 〈그것이 알고 싶다〉에서 '살수차 9호의 미스터리: 백남기 농민 사망사건의 진실' 편을 방영했다. 이를 통해 이 사안에 대해 잘 모르던 국민들도 백남기 농민이 맞은 물대포의 가공할 만한 위력을 알게 됐다. 백남기 농민을 사망에 이르게 한 것이 무엇인지 확실한 증거가 있는 데다 유족들이 끝내 받아들이지 않는데도 부검을 강행하려는 공권력에 대한 분노는 커져가고 있었다.

부검영장 유효 만료일인 10월 25일에 홍완선 종로경찰서장 등 경찰 수십 명이 병원 내로 들어왔다. 마지막으로 부검 집행을 시도하며 빈소를 찾아온 것이다. 그날 장례식장 주변에 배치된 경력은 5,300여 명이었다. 하지만 결국 부검은 집행되지 못했다. 자존심을 구길 대로 구긴 검경은 사인을 둘러싼 논란이 일어날 경우 이 모든 책임은 투쟁본부에 있다는 마지막 독설을 날렸다. 검경은 10월 25일 부검영장 집행을 포기하면서도 끝내 부검영장을 다시 청구해서 오겠다는 오기를 부렸다. 하지만 최순실의 국정농단의 기록이 담긴 태블릿PC 관련 보도가 전날인 10월 24일에 나오면서 박근혜 정권은 이미 격랑에 휩쓸린 상태였다. 결국 검경은 2016년 10월 28일에 백남기 시신 부검영장 재신청 포기를 발표했다.

2016년 10월 25일 오후 5시 47분 / 부검영장 집행 관련 경찰 입장 발표
절차적 담보를 하기 위해 노력을 다했고, 부검 결과를 신뢰를 다할 수 있는 내용이 있음에도 유족 측과 소위 투쟁본부에서 경찰의 정당한 법 집행을 저지한 점에 대해 유감이다. 향후 사인을 둘러싼 논란이 계속되는 등 그 책임은 투쟁본부에 있다. 투쟁본부 측이 완강하게 저항하는 상황 속에서 날도 저물어 야간 집행으로 인한 안전사고 등 불상사가 우려돼 강제 집행을 하지 않고 철수할 계획이다.

"JTBC에서 최순실 태블릿PC 건이 터지면서 경찰의 태도가 바뀌는 것이 눈에 보였어요. 10월 25일에 영장 집행을 최종 거부한 뒤에 경찰이 물러가는데도 믿을 수가 없었어요. 경찰이 안 보일 때까지 마음을 놓을 수 없어서 한참 자리를 뜨질 못했어요. 그때는 경험도 별로 없고 워낙 정신이 없어서 경찰이 부검영장을 집행하지 않는다는 게 얼마나 큰일이었는지 몰랐어요. 그런데 선배 변호사들이 이런 경우는 처음이라고 해서, 우리가 엄청난 일을 해낸

거구나 싶었죠. 그래도 너무 화가 나는 건, 그렇게 고발을 하고 수사를 요구했을 때에는 꿈쩍도 안 하다가 어르신 돌아가시고 나서 기다렸다는 듯이 바로 영장을 발부받아 오는 거였죠. 법조인의 입장, 이런 거 다 떠나서 정말 인간적으로 화가 났어요."

법률대리인단 오민애 변호사의 말대로, 검경의 부검영장 철회와 강제집행 포기는 시민들의 승리였다. 오랜만에 쟁취한 시민사회의 승리이기도 했다. 백남기 농민 가족의 흔들림 없는 의지, 대책위와 '백남기 지킴이'를 자처한 시민들의 결연함, 변호인단의 헌신까지 모든 것을 쏟아 부은 한 달의 시간이 만들어낸 기적이자 승리였다.

"돌아가실 때까지 시민들에게 알려주고 싶으셨던 거라 생각해유. 그걸 누가 생각이나 했겠어유. 사망진단서가 그리 중한지, 부검이란 것이 어떤 건지 다들 알게 됐잖아유. 난 그것만으로도 우리 사회가 큰 공부를 했다고 여겨유." 박경숙은 남편이 마지막 가는 길까지 겪어야 했던 고난에 이렇게 의미를 부여했다.

백남기 농민 사망 직후 서울대병원 장례식장을 포위한 경찰 병력과 이를 막는 시민들.

11

41일간의 장례식

　　　　　　　 2015년 11월 14일 물대포에 쓰러진 후
꼬박 317일 동안 한 번도 의식을 회복하지 못한 채, 2016년 9월
25일 백남기 농민이 선종했다. 그러나 영면의 길마저도 순탄하게
열리지 않았다. 장례를 바로 치르지 못한 채 긴 장례투쟁이 이어
졌다. 싸움의 장소가 농성장에서 장례식장으로 옮겨졌을 뿐이었
다. 가족과 대책위는 백남기 농민의 운명 직후부터 여섯 번의 부
검영장 집행을 막아내는 데 온 힘을 쓰는 한편, 41일간 장례식장
을 지켜야 했다.

상주가 많은 장례식

　　영구차를 사람들로 둘러싸서 백남기 농민을 영안실에 무사히
안치한 다음에도 장례 일정을 잡지 못한 채 장례식장 생활이 시작
되었다. 가족을 생각하면 하루빨리 장례를 치르고 싶었지만, 그것

이 포기나 타협으로 비춰지게 둘 수는 없었다. 백남기 농민 투쟁의 목표는, 백남기 농민에게 저지른 국가폭력에 대한 정부의 인정과 공식 사과, 그리고 재발 방지 약속을 받아내는 것이었다. 그렇다면 이 투쟁이 그 목표를 달성했는지를 판단해야 했다. 매일 치열한 내부 토론이 오갔지만 쉽게 결론을 내지 못했다. 일단 부검 집행을 막아내는 일에 모든 힘을 쏟자고 의견을 모았다.

상주가 많은 장례였다. 민주노총 한상균 위원장도 상주를 자처하며 상주인 자신이 감옥에 갇혀 도움이 되지 못하는 게 비통하다는 편지를 썼다. 3농민회(가톨릭농민회, 전국농민회총연맹, 전국여성농민회총연합)의 대표와 실무자들은 내내 장례식장에 '상주'했다. 민주노총, 한국진보연대, 전국빈민연합, 빈민해방실천연대 등 민중총궐기대회를 주최하고 이후 백남기 농민 대책위에 참여했던 주요 단체의 대표들도 장례식장을 지켰다. 매일 평균 10여 명이 빈소의 상주 자리에 서고, 대학생협을 비롯한 생협전국연합회 소속 생협들과 시민사회단체연대회의 대표들도 순서를 정해 빈소를 지켰다. 가족과 상주들은 언제 들이닥칠지 모르는 부검 집행 때문에 심리적 대치상태에서 긴장과 피로가 누적되었다.

보통 치르는 3일장도 쉬운 일이 아닌데 장례 날짜를 잡을 수도 없는 시간을 견디는 일은 상상 이상으로 지치는 일이다. 백남기 농민 가족과 오래도록 교분을 쌓아온 가농의 임봉재는 가족들 걱정이 앞섰다. "나도 어머니, 아버지 간호를 해봤지만, 일주일만 지나도 사람 진이 빠지거든. 그런데 300일을 넘도록 병원에서 지낸 가족들이 몸 아프다는 말 없이 버텨온 거 그게 기적이죠. 백남기 형제가 가족을 지켜주었구나 싶더라고요."

장례식장에 머무는 이들과 문상객들의 끼니 해결도 큰일이었다. 그때 세월호 가족들이 머물던 팽목항과 제주 강정 해군기지 반대 투쟁 현장에서 밥으로 연대한 '희망 포장마차'(일명 밥차)가 나섰다. 부검을 막기 위해 거의 노숙을 하다시피 하는 시민들에게 따뜻한 국이라도 먹이기 위해 9월 25일부터 부검영장이 철회된 10월 25일까지 한 달간 밥차를 운영하며 사람들을 먹였다.

장례식장에는 시민들이 보내준 후원 물품이 넘쳐났다. 서울대병원 장례식장 입구에 트럭 여섯 대가 죽 늘어서 짐을 내리는 진풍경이 벌어졌다. 모두 백남기 농민 장례식에 보내는 후원 물품이었다. 나중에는 쌓아둘 곳이 없을 만큼 생수와 라면, 인스턴트커피, 담요, 나무젓가락과 그릇 등이 끊임없이 들어왔다. 이 후원 물품은 평생 '네 이웃을 사랑하라'는 계명을 지키고 살았던 백남기 농민의 뜻을 새겨 장기파업 중이던 갑을오토텍 농성장과 안산 시화의 대창노조 농성장, 세월호 농성장과 이수역 노점상 철거 반대 농성장과 나누었다.

장례 비용을 조금이라도 아끼기 위해 가농과 전여농 회원들이 올려 보내는 음식으로 가족과 상근 활동가들의 식사를 해결했지만, 제대로 챙겨 먹을 상황은 아니었다. 여기서 나가면 다시는 컵라면을 안 먹겠다는 말이 나올 정도로 매끼를 라면과 김치로 해결했다. 큰 장례이니 평소 고인이나 가족과 일면식도 없는 조문객도 많이 찾아왔지만, 늘 달가운 손님만 있지는 않았다. 그중에서 대학로 인근의 노숙인 몇 명은 장례식장의 식객이 되었다. 끼니 때마다 찾아오는 노숙인 조문객이 부담스러울 수밖에 없었지만, 박경숙은 배고파서 오는 사람을 그냥 돌려보낼 수는 없다며 매번 없는 찬으로 밥상을 차렸다.

상복을 입지 않다

시신 탈취를 막아내고 고인을 영안실까지 무사히 모셨으니 장례식장에서의 투쟁 계획을 짜야 했다. 가족과 대책위는 장례식장에서 지켜야 할 규칙을 몇 가지 정했다. 이곳은 장례만 치르려고 들어온 곳이 아니라 백남기 농민 투쟁의 장소이기도 했기 때문이다. 먼저, 박경숙은 술을 마시지 말자고 제안했다. 문상객들에게 음식을 대접하는 것이 한국의 장례문화에서는 중요하지만 백남기 농민의 장례식장에는 음식도 제공하지 않기로 했다. 시민들이 모아준 성금으로 치르는 장례이니 허투루 돈을 쓸 수 없었다.

가족들은 상복도 입지 않기로 했다. 하루이틀 안에 치러질 장례식이 아니라 길게 갈 싸움이었다. 상복 대여비도 아껴야 한다는 박경숙의 의견도 있었다. 고인에 대한 추모의 마음만 표현할 수 있는 복장이면 충분하다고 생각했다. 국가폭력이나 사회적 참사로 일어난 소위 '장례 투쟁'에서 상복이 갖는 강렬한 상징성이 있다. 하지만 가족들은 그 틀도 과감하게 깨기로 한 것이다. 41일간의 장례 투쟁 동안은 물론, 장례식이 치러지던 11월 5일 당일에도 두 딸은 검은색 평상복을 입었다. 이것이 아버지의 유지에도 맞는 일이라고 판단했다.

백남기의 마음을 가장 잘 헤아릴 사람, 박경숙이 이렇게 결정한 것이다. "그 양반은 도라지 결혼식 때 넥타이도 안 했어요. 영혼이 자유로운 사람이었어요. 형식 갖추고 이런 것에 의미를 두는 사람이 아니에요." 한복을 입고 미소를 짓고 있는 백남기의 영정 사진이 바로 장녀 백도라지의 결혼식 때 찍은 것이었다.

바람만이 아는 대답

2016년 11월 5일 토요일, 임종한 지 41일 만에 백남기 농민의 장례식이 치러졌다. 광화문 르메이에르빌딩 앞에서 물대포를 맞고 쓰러졌던 때 불었던 바람의 계절로 다시 돌아왔다. 수많은 시민이 이 장례 행렬을 뒤따랐다.

명동대성당에서 열린 장례미사에는 염수정 추기경과 광주대교구 교구장 김희중 대주교, 그리고 수많은 사제와 수도자들, 시민들이 참석했다. 김희중 대주교는 백남기 농민의 병상까지 찾아와 가족을 위로하고 서울대병원 농성장 미사를 집전한 적이 있었다. 장례미사의 강론도 김희중 주교가 맡았다.

김 주교는 백남기 가족의 이름을 한 명 한 명 불러주며 특별한 위로를 건네면서도, 한 생명을 죽이고도 침묵하는 정부(권력)를 강하게 질타했다. 그동안 농촌과 농민에게 무관심했던 사람들에게도 각성을 요구했고, 세월호와 청년실업, 노동문제 등 현안의 고통도 조목조목 따져 물었다. 이는 장례 행렬을 따르며 사람들이 외쳤던 '이게 나라냐'라는 구호와 상통했다. 그리고 의인으로 살았던 백남기 농민의 뜻을 어떻게 기억하고 계승할 것인지를 고민하라고 촉구했다.

> 얼마나 자주 하늘을 올려다보아야 사람은 진정 하늘을 볼 수 있을까.
> 얼마나 많은 귀를 가져야 타인의 울음소리를 들을 수 있을까.
> 얼마나 더 많은 사람이 희생되어야 너무나 많은 사람들이 죽었음을 알게 될까.
> 친구여 그건 바람만이 알고 있다네.
> 친구여 그건 바람만이 알 수 있다네.

강론의 말미에 김 주교는 밥 딜런의 노래 〈바람만이 아는 대답〉을 읊었다. 그리고 이 땅의 성숙한 민주화와, 백남기 자신이기도 한 농촌의 회생을 간절히 청한다는 말을 전하며 장례미사를 마무리했다.

장례미사가 끝난 후 백남기 농민의 몸이 짓이겨진 광화문 르메이에르빌딩 앞에서 노제가 치러졌다. 그는 꼭 1년 만에 주검이 되어 돌아왔지만, 고인을 따르는 장엄한 행렬은 박근혜 퇴진을 외치는 촛불로 이어졌다.

사람들은 '이게 나라냐', '우리가 백남기다'라는 피켓을 들고 운구를 따라갔다. 장례 행렬을 따르던 임봉재는 백남기 농민의 죽음의 뜻을 알 것 같다고 말했다. 현대의 역사에서 민주주의의 위기 때마다 슬프게도 꼭 누군가의 희생이 있었지 않느냐고, 4.19의 김 주열이 이승만을 끌어내리고, YH의 여성 노동자들과 안동 가농의 오원춘*이 박정희를 무너뜨렸다고. 어렵게 이루어낸 민주주의가 허망하게 무너지려 할 때 백남기 농민이 희생하면서까지 살려낸 것 아니겠냐고 되물었다. "백남기 형제 그렇게 갔지만, 부활했으니 기뻐할 거야. 우리 기뻐하자, 기뻐하자고!" 웃자고 하면서도 임봉재의 목소리엔 물기가 가득했다.

운구는 광화문을 돌아 백남기의 고향 보성으로 향했다. 자신이 태어났고 세 자식이 태어난 집에 마지막으로 들렀다. 웃으며 집을 나선 지 1년 만이었다. 씨앗을 뿌렸으되 흙을 밟아주지도 못하고 풀을 매주지도 못했던 밀밭에도 마지막으로 들렀다.

보성에 도착해서 노제를 지낸 뒤 운구는 하루를 더 머물렀다. 서울에서는 조심스럽기만 하던 장례 분위기가 제대로 남도식의 장례식 풍경으로 변했다. 고인의 시신을 빼앗길까 봐 내내 긴장했고, 장례 일정을 확정짓지 못해 어려움이 많았다. 41일 내내 먹는 일, 입는 일 모든 것이 조심스럽고 긴장됐던 것이 서울 장례식에

---

* 1979년은 유신 정권의 폭력성도 극에 달한 해였다. 반정부 인사들에 대한 연행·체포·고문·연금 등이 이어졌다. 대표적인 시국 사건으로 '크리스찬아카데미 사건', '오원춘 사건', 'YH무역 노조 신민당사 농성' 등이 있었다. 오원춘 사건은 정부에서 공급한 불량감자 종자에 대한 보상 투쟁을 벌이던 안동 가톨릭농민회 회원 오원춘이 납치·폭행당한 사건으로, 이를 주도한 세력은 중앙정보부였다. 오원춘은 양심선언을 통해 이 사건을 알렸고, 이후 가톨릭농민회 안동교구 중심으로 박정희 정권에 대한 저항이 거세게 이어졌다. 이는 가톨릭농민운동사에서 가장 중요한 사건인 동시에 민주화운동사에서도 박정희 정권의 몰락을 재촉한 매우 중요한 사건으로 평가받는다.

서의 시간이었다. 하지만 백남기의 고향이자 양택이 있는 보성에 내려오자 홍어와 막걸리가 나왔고 오랜만에 기름진 음식들이 차려졌다. 이날만큼은 모두들 걸판지게 먹으며 울고 웃었다.

농촌에서 상례는 혼례만큼이나 큰 행사로, 음식도 푸짐하게 마련한다. 고인이 살아 있는 사람들에게 마지막으로 베푸는 잔치라서다. 형편이 여의치 않아 서울까지 올라와보지 못한 고향 사람들도 이날 문상을 제대로 했다. 너무나 많은 우여곡절을 겪은 장사이니만큼 투쟁 뒤풀이도 겸한 날이었다. 전여농의 김정열이 그날을 떠올리며 말했다. "내가 그때 보성에서 홍어를 너무 맛있게 먹었나 봐. 해결할 일은 많이 남았지만 어쨌든 고인은 편히 모실 수 있게 됐으니까. 그날 하루는 신나게 먹었지. 그런데 박경숙 사모님이 그걸 또 기억하시고 상주로 홍어를 챙겨서 보내셨더라고. 대체 얼마나 게걸스럽게 먹었길래 이걸 보내셨나 싶어 민망했지. 그래도 그날 하루 참 좋았어."

흙으로 돌아갈 시간

장지는 광주 망월동 구묘역에 마련되었다. 민주화의 성지라 불리는 곳에 백남기의 165센티미터 작은 몸을 화장해 뉘었다. 관 위에 흙을 덮고 석회를 뿌리고 무덤자리를 꼭꼭 밟아주는 것을 달구질이라고 한다. 그렇게 흙을 꼭꼭 밟아 나무뿌리나 짐승이 침범하지 못하도록 하는 것이다. 헛된 틈을 주지 않기 위해서다. 흙에서

온 사람을 흙으로 온전히 돌려보내기 위해 이날도 많은 사람이 함께 흙을 다졌다.

평생을 두고 미안해하며 일부러 거리를 두었던 광주 망월동에 자신의 음택이 정해질 것이라고 백남기는 알았을까? 밀밭 바로 아래 자리 잡은 선산에 순서대로 묻힐 마지막을 의심하지 않았을 것이다. 하지만 역시 바람만이 아는 대답이다. 그렇게 흙에서 나와 흙을 밟으며 농민으로 살던 보성 사람 백남기는 다시 흙으로 돌아갔다.

백남기 농민 생전에 자신의 묘비에 무어라 새기겠느냐는 박경숙의 물음에 우스갯소리로 한 말이 있다. '나, 백남기. 평생 박정희, 박근혜 욕만 하고 가다.' 그의 묘비에는 '생명과 평화의 일꾼 백남기 임마누엘의 묘'라고 새겨졌다.

2016년 10월 18일 백남기 농민 부검 반대,
진상 규명 촉구를 위한 집회. 참가자들이 종로 일대에 그린 그림이다.

12

세상에서 가장 슬픈 연대

부패하고 폭력적인 권력은 자신이 희생시킨 이들에게 애도의 시간마저 허락하지 않는다. 사람들이 모여 함께 슬퍼하는 마음, 그 마음을 가장 두려워했던 권력이 박근혜 정권이었다. 백남기 농민의 시신을 빼앗길 위기가 왔을 때 가장 앞자리에 세월호 희생자들의 엄마 아빠들이 선 이유도 이 때문이었다. 자식을 앞세운 부모가 겪는 고통의 깊이는 감히 짐작조차 할 수 없다. 그런데 세상에서 가장 깊은 슬픔들이 기꺼이 백남기 농민의 손을 잡았다.

운구차 제일 앞에 서다

백남기 농민이 운명한 직후 영안실로 향하는 운구차를 사람들의 몸으로 에워쌀 때 세월호 엄마 아빠들이 제일 앞에 섰다. 아예 서울대병원 장례식장 입구에 돗자리를 깔고 '세월호 전용석'을 만

들어 당번까지 정해 백남기 농민을 지켰다. 대책위 박선아는 그것이 내내 마음에 걸렸다. 경찰들에게 그렇게 당한 엄마들을 맨 앞에 세우는 것이 과연 온당한 일일까? 그런 아픔을 겪은 이들이 경찰과 충돌하는 고통을 다시 겪게 하는 것이 두려웠다. 그러나 세월호 엄마들의 생각은 달랐다. 새끼들을 잃고 우리는 못할 것이 없다고, 경찰과 싸우는 건 아무것도 아니라고. 세월호 희생자 단원고 2학년 5반 오준영의 어머니 임영애는 오히려 경찰이 자신들의 노란 티셔츠만 보고도 두려워한다면 다행이라고, 그만큼 물러서지 않고 열심히 싸워왔다는 증거 아니겠냐고 말했다.

"국가폭력의 피해자로서 또 다른 피해자들의 마음을 알게 되었어요."

국가가 무구한 아이들을 제때 구하지도 않았을뿐더러 시신마저 제대로 수습하지 않는 참상을 모두 지켜본 사람이 세월호 가족들이다. 국가폭력으로 희생된 이의 시신까지 탈취하려는 것을 차마 볼 수가 없었기 때문에 백남기 농민을 지키는 데 온 힘을 쏟았다. 그러나 더 큰 허망함이 몰려왔다. 임영애는 백남기 농민의 시신을 무사히 안치하고 빈소가 차려진 다음에는 오히려 장례식장에 갈 수 없었다 했다. 여전히 이렇게 생명을 함부로 다루는 나라에서 과연 무엇을 할 수 있을지에 대한 절망 때문이었다.

그래도 힘을 냈다. 백남기 농민 투쟁에 계속 함께한 이유는 백남기 농민을 빼앗기면 하늘에 있는 아이들이 너무 아파할 것이라는 생각이 들었기 때문이다. 자신들을 버린 국가에 엄마 아빠가 또 무기력하게 지는 모습을 보고 싶지 않을 것이라는 확신이 들었다. '아이들을 위해' 경찰을 막아내고 장례 투쟁에 함께했다. "내 아이의 죽음이나 어르신의 죽음 같은 이런 비극이 더 이상 일어나 면 안 된다는 생각, 그 생각 하나뿐이었습니다." 그런 마음으로 세 월호 희생자 단원고 학생들의 부모들이 백남기 농민의 가족과 손 을 잡았다.

우리 아이들을 꼭 안아주세요

박근혜 정권의 세월호에 대한 대응은 '아무것도 하지 않는 것' 이었다. 백남기 농민 사건에 대해서도 마찬가지였다. 물대포를 쏜 경찰과 명령 책임이 있는 강신명 경찰청장, 구은수 서울경찰청장 을 조사하겠다는 형식적인 답변마저 내놓지 않았다. 결국 2016년 8월 25일, 백남기 농민 대책위와 4.16가족협의회가 '세월호 특별 법 개정과 특검 의결', '강신명 경찰청장 처벌 및 국가폭력 진상 규 명 청문회 개최'를 요구하며 더불어민주당 당사에 들어가 단식 농 성을 시작했다. 단식 투쟁을 함께 하며 세월호 가족들과 백남기 대책위는 더욱 돈독해졌다.

오준영의 아버지이자 임영애의 남편인 오홍진은 민주당 당사 에서 농민들과 함께 지내며 큰 힘을 얻었다고 말했다. 고립된 느 낌에서 드디어 벗어날 수 있었기 때문이다. 세월호 가족들을 가장 두렵게 한 것이 고립되어 홀로 싸우는 일이었다. 그날도 민주당사 에 백남기 농민 대책위와 함께 들어가 점거 농성을 하게 되어 참

든든했다고 말한다. 어르신들이고 농민들이어서 아버지처럼 형님처럼 기댈 수 있었다.

농성을 시작하자마자 국회 안전행정위원회는 백남기 청문회를 열겠다고 약속했다. 하지만 대책위는 세월호 특별법 제정과 특검 의결도 백남기 농민의 일이라 말하며, 함께 들어왔으니 함께 나가기로 했다. 생명을 지키기는커녕 내다버리고 모욕 주는 일을 당한 것은 세월호 가족들과 백남기 농민 가족 모두이니, 네 일 내 일 따지지 않았다. 대책위는 청문회 개최 약속을 받고도 세월호 가족들과 함께 일주일간을 더 민주당사에 머물렀다. 혈서, 삭발, 삼보일배, 오체투지 등 모든 것을 다 해도 '단식'은 못 하겠다 말하던 농민운동가들도 세월호 가족들과 함께 기꺼이 굶었다.

오홍진이 백남기 농민 대책위와 적극적으로 손을 잡은 이유는 간명했다. "생명이니까요." 그는 모든 일이 국민의 생명을 늘 하찮은 것으로 함부로 다루는 공권력을 가만히 두었기 때문에 벌어졌다고 단언했다. 박종철 열사가 고문으로 죽고, 이한열 열사가 최루탄을 맞아 죽었을 때 공권력을 제대로 벌을 주었더라면 이렇게 생명을 앗아가고도 뻔뻔할 수는 없을 거라며, 비록 늦었더라도 반드시 싸워나가야 하는 이유를 밝혔다. "민주당 당사에 들어갔을 때, 어떻게 싸워야 하는지 농민들께 많이 배웠어요. 단호하고 당당해야 한다는 걸요. 다음엔 굶지 말고 잘 먹으면서 힘내서 싸우자고, 여기서 나가면 맛있는 거 먹자고 하셨는데, 그 말씀이 큰 힘이 됐습니다."

세월호 희생자 단원고 2학년 3반 김시연의 어머니 윤경희도 다른 세월호 희생자 학생들의 부모처럼 평범한 사람이었다. 하지만 이제 못할 것도 없고 물불 가리지도 않는 투사가 되었다. 삭발부터 단식까지 안 해본 것이 없다. 그렇게 '시연 엄마'의 이름으로 싸워왔다. 윤경희는, 비록 자식을 잃고 정부와 싸우는 처지가 되었지만, 처음에는 이한열 열사 기념 사업회나 밀양 송전탑 반대 투쟁, 용산 참사 투쟁 현장에서 연대 발언을 요청해 오는 게 내키지 않았다고 고백했다. 저 사람들은 자신의 자식과 가족이 왜 죽었는지 이유라도 알지만 자신들은 그 이유조차 알지 못하고 있어서, '내 새끼가 제일 불쌍'해서였다.

그러다, 경찰들과 부딪히고 국가의 외면에 절망할 때 자신들의 손을 잡아주는 이들이 없었다면 아무것도 해낼 수 없었으리라는 사실을 깨달았다. 함께해준 사람들 중에는 사회 곳곳에서 억울하게 다치고 죽은 사람들과 그 가족이 많았다. 그 슬픈 연대가 여기까지 버티게 해주었다. 백남기 농민과 함께할 때는 이미 연대라는 가치가 얼마나 귀한지 깨닫고 난 뒤여서, 아무런 고민도 할 필요가 없었다 했다. "그 전에는 정말 아무것도 몰랐어요. 나한테는 세월호가 전부였으니까요. 처음엔 그분들을 이해하지 못했는데 나중엔 참 미안하고 고마웠어요. 우리 가족만 안 다치고 안 죽고 살면 된다고 생각하며 살았는데, 이제 알죠. 함께한다는 것이 무엇인지를요."

2016년 5월, 유럽에서 세월호 유가족 간담회가 열렸다. 이때 시연 엄마 윤경희도 유족 대표로 참석했다. 5월 5일 독일 보훔에서 열린 간담회에는 백민주화가 네덜란드에서부터 찾아와 함께했

"내 아이의 죽음이나 어르신의 죽음 같은 이런 비극이 더 이상 일어나면 안 된다는 생각,
그 생각 하나뿐이었습니다."
세월호 희생자 단원고 2학년 5반 오준영의 아버지 오홍진과 어머니 임영애.

"우리 가족만 안 다치고 안 죽고 살면 된다고 생각하며 살았는데,
이제 알죠. 함께한다는 것이 무엇인지를요."
세월호 희생자 단원고 2학년 3반 김시연의 어머니 윤경희.

다. 긴 말 나누지 않아도 그 마음을 충분히 나눌 수 있었다. 더 이상 누구의 슬픔이 더 무거운지 따질 필요가 없었다.

자식을 잃은 부모들이 남편과 아버지를 잃은 한 가족과 손을 맞잡았다. 보성 집 안방 문고리에는 세월호 열쇠고리가 달려 있다. 일부러 기억하지 않아도, 문을 열고 닫을 때마다, 바람이 불고 멈출 때마다 함께 잡았던 손을 떠올릴 것이다. 백남기와 세월호의 아이들은 이제 영원히 함께 있다.

혹여 그곳에서 우리 아이들을 만나시거든 따뜻하게 한 번 안아주시고 우리들은 잘 있다고 전해주십시오. 이곳에 남겨진 어르신의 가족들은 우리가 지키겠습니다.

— 4.16가족협의회 전명선 위원장의 추도사 중에서

빛이 되고자 한 청년의 이야기

2016년 10월 25일, 부검영장의 효력이 만료되었다. 때마침 국정 농단의 실체가 드러나 백남기 농민의 장례식장에 잠시 숨통이 트일 때였다. 그때 서울대병원 장례식장의 한 빈소를 지켰던 유족들이 장례물품을 백남기 농민 장례식장에 기증한 일이 있었다. 대책위는 한참 지나서야 그 빈소의 주인이 이한빛 피디였다는 것을 알게 됐다.

이한빛은 2016년 1월 CJ E&M에 피디로 입사해, 혼자 밥 먹고 술을 마실 수밖에 없는 청춘남녀의 팍팍한 삶을 그린 드라마 〈혼술남녀〉의 조연출이었다. 삼포세대의 현실을 잘 보여주었다며 호평을 받았던 이 드라마는 이한빛의 첫 작품이기도 했다. 2016년 10월 25일, 자신이 조연출한 첫 드라마가 종영한 바로 다음 날 이한빛은 스스로 목숨을 버렸다. 그가 남긴 유서는 이러했다. "하루에 20시간 넘는 노동을 부과하고, 두세 시간 재운 뒤 다시 현장으로 노동자를 불러내고, 우리가 원하는 결과물을 만들기 위해 이미 지쳐 있는 노동자들을 독촉하고 등 떠밀고. 제가 가장 경멸했던 삶이기에 더 이어가긴 어려웠다."

이한빛은 서울대학교 재학 당시 인문사회과학 학술동아리, 웹진 편집부, 사회대 학생회 등에서 열정적으로 활동한 학생운동가였다. 첫 봉급을 받아 세월호 유가족과 KTX 승무원 노조, 기륭전자 노조, 빈민운동단체에 후원금으로 다 보내고, 부모에게 첫 월급은 꼭 그렇게 쓰고 싶다 말할 정도로 사회문제에 깊은 관심과 연민을 가진 청년이었다.

그의 유서에는 자의식과 사회의식이 또렷했던 한 영혼이 어떻게 무너져갔는지 낱낱이 적혀 있었다. 방송노동의 현장책임자로서 불안정 노동을 부추기고 힘없는 노동자들의 등을 떠밀어야 했던 괴로움이 고스란히 담겨 있었다. 이한빛은 방송 제작환경의 열악함, 단역배우들과 스태프들에 대한 착취, 기본적인 노동법조차 지켜지지 않는 미디어노동 현장의 부당함을 죽음으로 고발하고 나선 것이다.

이한빛의 가족은 2016년 10월 26일, 아들의 시신을 수습했다.

장례 절차에 대한 결정은 부모가 짊어질 괴로운 몫이었다. 아버지 이용관은 서울대병원에 아들의 빈소를 마련했다. 한 달이 넘도록 백남기 농민의 부검을 강행하기 위해 경찰이 상주하다시피 한 서울대병원 장례식장은 매우 어수선했지만, 검경의 부검 집행 포기로 잠시 여유가 생겼을 때였다.

당시 이한빛의 가족은 참담하기 이를 데 없는 장례라 일체의 화환이나 부의를 받지 않겠다고 고집했다. 이한빛의 부모는 평생 교직에 있으면서 전교조의 조합원으로 교육운동에 매진해왔다. 그만큼 찾아오는 조문객도 많았지만, 자식이 스스로 목숨을 내려놓은 상황에서 부의를 받는 것조차 버거웠다. 하지만 이제 막 사회생활을 시작한 이한빛의 친구들과 동료들은 애통한 마음을 표현할 길이 없어 부의라도 하고 싶어했다. 그 마음도 이해가 갔다. 사랑하는 친구를 잃은 마음, 비탄에 빠진 친구의 부모와 동생을 보고 조문만 마치고 일어설 수 없는 마음들이 읽혔다. 그때 이한빛의 동생 한솔이, 꼭 하고 싶다면 3층의 백남기 농민 빈소에 부의를 하는 것이 어떻겠느냐고 제안했다.

아버지 이용관은 참담한 와중에도 작은 아들의 기특한 생각을 기꺼워했다. "죽은 한빛이도 좋아했을 거예요. 생전에 한빛이 백남기 선생님 이야기를 많이 했어요. 조문도 다녀왔을 거예요. 한빛이 예전에 집회 나갔다 물대포를 맞고 쓰러져 경찰한테 짓밟힌 적이 있었거든요. 그래서 물대포에 사경을 헤매는 백남기 선생님에 대한 마음이 남달랐을 거예요."

이한빛의 발인이 있던 2016년 10월 28일 금요일. 최순실-박근혜 국정농단의 진상이 드러났고, 박근혜 퇴진을 외치는 첫 촛불이 다음 날 청계광장에서 타올랐다. 그 소식을 듣고 이용관은 낮게 탄식했다. "빛아, 삼 일만, 삼 일만 더 버티지."

슬픔에 지지 않기

이한빛의 아버지 이용관은 중앙대 사범대에 1977년에 입학한, 백남기의 대학 후배이기도 하다. 이용관이 군대를 제대했을 때가 1980년으로, 이미 학교에 휴교령이 내려져 있었다. 1980년 9월이 되어서야 휴교령이 해제되고 복학을 했지만 학교에 다닐 때는 백남기를 몰랐다. 오히려 국어 교사로 학생들을 가르치고 전교조 활동을 하면서 백남기를 만난 적이 있다. 당시 대전에 있던 가톨릭농민회 회관에서 전교조 행사가 많이 열리곤 했다. 가농 모임과 전교조 행사 날짜가 겹친 때가 있어 백남기 농민과 마주친 것이다.

이용관도 보성에서 멀지 않은 전남 화순에서 태어나 농민의 아들로 자랐다. 그래서 농촌·농민의 문제는 자신의 문제이기도 했다. 백남기 농민이 쓰러졌던 민중총궐기대회에는 역사 교과서의 국정화 시도라는 교육계의 현안도 있었고, 전교조의 법외노조 철회라는 중요한 요구사안도 있었다. 이용관도 교사이자 전교조 조합원으로서 2015년 11월 14일 민중총궐기대회에 참가했다. 그러다 대회 중에 농민 한 명이 물대포를 맞고 쓰러졌다 해서 급하게 병원까지 찾아가기도 했다. 그때 백남기 농민이 중앙대 선배라는 것도 알게 되었다.

이용관은 아들의 장례 일정이 우연히 겹쳐 장례용품을 나눈 것일 뿐, 백남기 농민 투쟁을 도운 것은 없다며 한사코 인터뷰를 고사했다. 하지만 그저 장례식에서의 짧은 인연과 중앙대 동문이라는 점 때문에 억지로 이야기를 엮으려고 만남을 청한 것이 아니다. 청년 이한빛이 겪어야만 했던 고통과 그 순정한 열정이, 백남기 농민이 가졌던 그것과 다르지 않기 때문이다. 이 사회가 절차적인 민주화를 이루기는 했지만 권력을 쥔 자들이 휘두르는 폭력의 야만성은 변하지 않았다. 농민이라는 이유로, 하청업체의 노동자라는 이유로 당하는 폭력의 성격은 같았다. 백남기는 국가로부터의 폭력을, 이한빛은 자본으로부터의 폭력을 온몸으로 받아냈고, 끝내 죽음을 맞이했다. 그리고 남겨진 가족들은 이 죽음을 백남기 개인과 이한빛 개인의 죽음으로 가두길 거부했다. 이 죽음의 진실을 사람들에게 알리고, 다시는 이런 슬픔이 반복되지 않도록 온 힘을 내고 있다.

이한빛은 소위 일류대를 나와 다들 부러워하는 대기업 방송국에 정규직으로 입사했다. 그저 눈치껏 아부하고 노동환경 따위엔 눈 감고 자신보다 약한 위치의 사람들을 찍어 누르며 출세가도를 달려도 됐을 것이다. 하지만 그는 그럴 수가 없었다. 약한 사람들에게 한없이 약했던 그가 더 이상 견딜 수 없게 되었을 때 목숨을 내놓으며 외쳤던 이야기에 귀를 기울여야 하지 않을까.

"우리 아들 죽고 나서는, 내가 소속된 단체들 깃발도 여럿 있지

"운동이란 그렇게 미래를 내다보고 정치사회 구조를, 농업생태 구조를 바꾸는 것이어야
한다고 생각해요. 이제 교육생태계를 변화시키는 운동을 할 겁니다."
고 이한빛 피디의 아버지 이용관.

만 농민회 깃발을 많이 따라다녀요. 백남기 농민도 처절하게 싸우셨잖아요. 농민들은 농민운동을 통해서 우리 사회의 변혁 투쟁의 한 축을 차지하고 있지요. 하지만 백남기 농민이 우리 농업을 생각하며 대안을 만들어보려고 하신 것이 정말 대단하다고 생각해요. 운동이란 그렇게 미래를 내다보고 정치사회 구조를, 농업생태 구조를 바꾸는 것이어야 한다고 생각해요. 나도 교육운동에 청춘을 바쳤지만 그저 교사운동만 한 것은 아닌가 하는 생각이 듭니다. 교육생태계를 바꾸는 고리들을 잡아내야 하는데 그것을 하지 못했어요. 이제 교육생태계를 변화시키는 운동을 할 겁니다."

2018년 8월에 이용관은 정년퇴직을 맞았다. 평생을 평교사로 전교조 운동에 매진했던 그는, 모든 것을 내려놓고 쉬겠다고 말하지 않았다. 오히려 대안적인 교육생태계를 만들어가겠다는 결의를 보여주었다. 자신의 은퇴 계획을 들려주는 그의 눈에 '한빛'이 담겨 있었다.

"한빛이 이름으로 상암동에 재단을 하나 만들었어요. '한빛미디어노동인권센터'입니다. 방송 노동자들에게 쉼터도 제공하고 상담 역할도 하면서 조직화를 지원하는 일을 할 겁니다. 노조라도 있었으면 한빛이가 죽지 않았을 거예요. 스스로 노조를 만들 엄두도 내지 못했던 거죠. 그런 것들이 많이 안타까워요."

참척을 겪고도, 부모는 슬픔에 지지 않으려 했다. 2018년 5월 31일 한빛미디어노동인권센터 개소식에 백도라지와 투쟁 기록단도 참석해 그 시작을 응원했다. 필요한 물품을 하나 지원하고 싶다 연락하니, 방송 노동자들이 와서 편하게 앉아서 차 한잔할 수 있도록 커피포트 하나를 부탁한다고 했다. 기꺼이 '백남기 농민 투쟁 기록단'의 이름으로 커피포트와 종이컵, 믹스커피를 사 들고 참석해 박수를 보냈다. 행사 진행은 이한빛의 동생 한솔이 맡았고, 두 부모는 분주하게 손님들을 맞고 있었다. 절망의 끝에서 희망의 빛을 만들어가고 있는 그 가족의 의지와 용기가 슬프도록 아름다웠다.

13

백남기를 만나다, 농민을 만나다

태초에 사건이 있었다. 저 멀리 전남 보성의 농민이 서울에 올라와 농산물가격 보장을 외치다 경찰이 쏜 물대포를 맞고 쓰러져 사경을 헤맸다. 이 사건 속으로 성큼 들어온 사람들 중에 수도자의 삶을 선택하고 수련 중인 송버나뎃 수녀가 있었다. 그리고 민주노총이라는 대표적인 노동운동조직의 활동가이자 성소수자인권운동가인 곽이경도 있었다.

　　아마도 이들은 서로 마주친 적도, 마주칠 일도 없었을 것이다. 하지만 이들은 백남기 농민 사건을 통해 같은 시간 속에 잠시나마 함께 머물렀다. 수도자가 만난 백남기 농민, 노동운동가가 만난 백남기 농민은 결코 다르지 않았다. '밥'이라는 귀중한 가치를 깨닫는 시간은 두 사람 모두에게 공평하게 주어졌기 때문이다.

어느 수련 수녀의 기도

서울대병원 담벼락에 차려진 천막 농성장에, 무슨 일이라도 시켜주면 감사하겠다고 부탁한 수녀가 한 명 있었다. 꾸준히 찾아와 쓸고 닦는 일이라도 하고 싶다며 손을 놓지 못하는 수녀 앞에서 대책위 실무자들은 몸 둘 바를 몰랐다.

한국에는 1969년 교황청으로부터 정식 인가된 '한국천주교 여자수도회 장상연합회'가 있다. 한국에 있는 여자수도회(수녀원)의 연합체다. 보통 '장상연합회'라 부르는 이 조직의 특징은 일사분란함이다. 용산 참사나 쌍용차 투쟁처럼 사회적 갈등이 첨예한 곳에서 오래도록 연대 활동을 한 활동가들은 '수녀님들은 정보가 국정원급'이라고 농담처럼 말한다. 큰 슬픔과 분쟁이 있는 곳에 늘 그들이 찾아와 자리를 지켜주기 때문이다. 이는 그들이 항상 세상의 고통과 그 고통에 빠진 사람들을 향해 촉수를 세우고 있기에 가능한 일일 것이다. 백남기 농민이 물대포에 쓰러져 병원으로 실려 왔을 때에도 제일 먼저 도착한 이는 바로 수녀들이었다.

유신독재에 저항할 때에도 명동성당 앞에서 스크럼을 짜고 수녀들이 섰고, 이후 한국 민주화운동의 현장마다 수녀들이 있었다. 일본군 위안부 문제 해결을 위한 정기 수요시위, 10년이 넘어가는 콜트콜텍 투쟁, 쌍용차 복직 투쟁, 제주 강정마을 해군기지 반대 시위, 밀양 송전탑 반대 싸움 등 공권력에 다치고 이 과정에서 서로를 할퀴는 일도 잦은 투쟁 현장마다 수녀들이 자리를 지켰다. 종종 길거리에서 미사나 기도를 올리고 있을 때 부랑인들과 우익

인사들이 모욕을 퍼붓기도 한다. 하지만 그럴 때에도 언성 한 번 높이는 일 없이 꿋꿋하게 길거리 미사의 중심에 서서 수도자의 품위를 지켰다.

백남기 농민의 투쟁에도 늘 수녀들이 함께했다. 백남기 농민이 쓰러졌을 때부터 수도자들은 천막 농성장과 장례식장을 잠시도 비우지 않았다. 백남기 농민의 병상생활이 길어지면서 천막을 지키는 사람의 수는 점점 줄어들었지만 그때마다 자리를 채워준 이도 수녀들이었다. 백남기 농민의 가족뿐만 아니라 비종교인 단체의 실무자들도 "수녀님들이 자리를 지켜주시면 그것만으로도 든든했고 안심이 됐다"고 말한다.

"무슨 일이든 시켜달라"며 농성장을 찾아왔던 이는 성가소비녀회 송버나뎃 수녀. 당시에는 입회 2년차의 수련 수녀였다. 성가소비녀회에는 수련 기간 중 어디에 가서 기도를 하고 어떤 사람들과 함께할지를 스스로 정하는 자기양성 과정이 있다. 버나뎃 수녀는 세월호 현장과 일본군 위안부 수요 집회, 그리고 백남기 농민 투쟁 농성장에 찾아가는 것으로 자기양성 계획을 짰다.

그가 성가소비녀회에 입회하고 청원자 신분이었을 때, 대한문 거리미사에 동료 수련 수녀들과 함께 간 적이 있다. 수도복을 입고 있는 자신들을 사람들이 계속 쳐다봐 마음이 무척 불편했다. 잘 모르는 세계였다. 투쟁이라는 말도 낯설고 부대꼈다. 그런 마음의 부대낌을 정면으로 응시하기로 했다. 버나뎃 수녀는 2016년 5월부터 9월까지 매주 목요일마다 백남기 투쟁 농성장을 찾아가서 조용히 함께했다. 하루 종일 농성장을 지키다 수녀원으로 돌아가 다른 수녀들에게 그날 이야기를 할 때면 눈물이 나곤 했다. 지금도 그는 백남기 농민을 생각하면 눈물이 난다고 했다. "백남기 어르신 농성장에는 사람도 너무 적고, 시민들의 관심도 못 받는 것 같았어요. 천막에 주로 계시는 분들이 '너~무' 농민이었어요. 어느 날은 전라도에서 오셨다 하고 어느 날은 경상도에서 오셨다 하는데, 농사일이 바쁜데도 올라오신 거예요. 와야 하니까 왔다고. 서명받아야 한다며, 많이 뻘쭘해하면서도 길에 서 계시고요."

버나뎃 수녀는 자신이 농성장에서 했던 일은 '그냥 있는 일'이었다고 한다. 그저 지나가는 사람들을 물끄러미 바라보았다. 대학로 한복판, 그 길을 지나가는 수많은 사람을 통해서 자신을 보았다. 자신도 저렇게 살았다. 밥이 농촌과 농민들 손에서 나오는지도 모르고, 도시 말고 다른 곳에서는 사람들이 어떻게 사는지도 모른 채 살았다는 걸 깨달았다. 그래서 누구라도 오면 서명이라도 하나 받으려고 백남기 농민이 왜 다쳤는지, 이 투쟁이 어떤 의미인지, 그리고 백남기 농민이 어떻게 살아왔는지를 설명했다. 누군가가 불법 폭력 집회를 하다가 그리된 거 아니냐 따지면 실상을 알리려고 다시 한참을 설명했다. 이 농성장에 손을 보태고 작은 성과라도 이루어야겠다는 심정이었다.

하지만 어느 순간부터는 그런 마음을 버렸다. 도시에서 태어나 경쟁하며 살면서 성과를 내야만 했던 과거가 농성장에서 쓸고 닦는 일이라도 시켜달라는 말로 드러난 것 아닐까. 이 일조차 성과를 내기 위해 아등바등하는 게 아닐까. 그런 성찰을 하고 나서는 그저 있기로 했다. 버나뎃 수녀는 그렇게 마음을 내려놓게 된 것

"아플 때 아프고 슬플 때 슬프라고, 하느님이 그걸 알려주시려는구나 하고 깨달았어요."
성가소비녀회 수녀 송버나뎃.

이 무척 귀한 경험이라고 했다.

많은 사람이 백남기 농민을 지키기 위해 오가는 것을 지켜보면서, 그분이 우리를 이렇게 모으고 있다는 것 자체가 기적이고 신비라는 사실을 깨달았다. 농성장 천막에서 오후 4시마다 드리는 미사를 통해 농민이 농사를 지은 것들을 모두가 빵으로 쪼개 먹고 살았다는 걸 배웠다. 그걸 기억해야 했다. "농민들이 힘들어서 서울에 올라오셨을 때 백남기 어르신이 쓰러지셨고, 그분이 아플 때 우리도 함께 아팠지요. 그리고 왜 아픈지를 알려주셨어요. 왜 이곳까지 올라올 수밖에 없었는지를 알려주신 거예요. 아플 때 아프고 슬플 때 슬프라고, 하느님이 그걸 알려주시려는구나 하고 깨달았어요."

송버나뎃 수녀는 그 시간을 '연대의 시간'이라고 부를 수도 있고, '공동체의 시간'이라고 말할 수도 있다고 했다. 수도자로서 가야 할 길은 '사람답게 사는 것'과 다르지 않다는 사실을 배웠다고 했다.

백남기를 만난 시간 동안 갈등과 싸움만 있었던 것이 아니어서 더 많은 것을 배웠다. 평소에 성당에 잘 가지 못하니 매일미사에 그냥 미사만 드리러 온다던 병원 직원, 대책위의 활동에는 동의할 수 없지만 이 사건의 진행은 궁금하다며 질문한 할머니, 만취해 '노동자들도 일하다 죽는다!'며 농성장에서 소리를 지르던 사람, 이런 모든 사람이 함께한 것이라 믿는다.

백남기 농민의 임종 당시에 버나넷 수녀는 수도회 침묵대피정에 들어 있었다. 어느 날 농성장에 함께 가던 선배 수녀가 가슴에

검은 리본을 달고 피정 장소에 방문한 것을 보고, 백남기 농민이 돌아가셨다는 것을 직감했다. 그때, 눈물을 흘리면서도 '살려내달라'는 기도가 아니라 '편안해지시길 바란다'고 기도할 수 있어서 다행이라 여겼다. 당신은 할 만큼 다 하셨으니 편안해지시라고, 오랫동안 버텨주시느라 감사하다고 기도를 올렸다고 한다. 이제 오로지 산 사람들의 시간이 남았고 그 몫을 살아가는 것이 중요하다고.

손을 맞잡아야 비로소 알 수 있는 것

"백남기 농민 투쟁은 한마디로 기층대중조직 연대운동이죠. '민중총궐기대회'는 민중연대라는 기치로 만든 가장 큰 조직 투쟁이었고요. 그런데 거기서 백남기 농민이 희생되셨기 때문에 민주노총이 갖고 있던 마음의 부채감이 컸어요. 그동안 민주노총이 말로만 연대 연대 하지 않느냐는 욕도 많이 먹었어요. 그렇지만 백남기 농민 문제만큼은 묻지도 따지지도 않고 시간과 마음을 냈어요. 백남기 농민은 민중총궐기대회부터 퇴진행동까지 박근혜 정권을 끌어내리기 위한 투쟁에 연결점을 만들어준 존재가 되셨죠. 2015년과 2016년 시기에 가장 중요한 인물이죠. 제가 민주노총에 들어와서 처음부터 끝까지 함께한 연대운동이기도 하고요."

기층, 민중, 연대, 이런 말들이 낯선 시대다. 하지만 그것이 생활언어인 사람들이 있다. 그중 한 명이 민주노총 대외협력국장 곽이경이다. 그는 2015년 11월 14일 민중총궐기대회 때 인권침해 감시단 담당 국장이었다. 경찰이 갑호비상명령을 '때렸으니' 분명 고강도 진압이 있을 것이라 예상하고, 인권단체 활동가들을 모아 조를 짜서 현장에 나가 경찰의 인권침해 사례가 있는지를 감시하고 대응하는 활동을 했다. 그래서 곽이경 국장은 그날의 충격과 죄책감을 쉽게 내려놓을 수가 없다고 했다.

한 농민이 물대포에 맞아 병원에 실려 갔다는 상황을 전해 듣고 인권침해 감시단이 모두 병원에 집결해 밤샘 회의를 했다. 상황이 엄중했다. 민중총궐기대회 당일의 자료와 정보가 흩어지지 않게 최대한 모아두는 것이 무엇보다 중요하다고 판단했다. 사건이 벌어진 당일의 정보는 이후 진상 규명에서 중요한 쓰임이 있을 것이기 때문에 작은 정보 하나라도 유실하지 않기 위해 애를 썼다. 당일 현장의 자료를 모으고 있었다는 점이 그나마 다행이었다. 인권침해 감시단 활동가들을 중심으로 이후 '국가폭력조사단'을 꾸리고, 당시 공권력의 과잉진압에 관한 정황 자료와 인권의 관점에서 백남기 농민의 사례를 분석한 많은 자료를 모아 기자회견문을 작성했다. 이때 모아놓은 자료는 여러 운동단체의 기초 참고자료가되었다.

곽이경은 민주노총의 대외협력국장, 민주노총 연대 활동의 책임자다. 그러나 그에게도 농민은 낯선 존재였다. 도시에서 태어나 도시에서만 살았던 그는 농민에 대해 그저 막걸리를 많이 마시는 사람들이다 정도로 생각했고, 농민운동에 관해서도 잘 몰랐다. 농민들은 큰 집회 때마다 마주치는 이웃일 뿐이었다.

도시 출신의 대학생들이 대개 그렇듯 농촌활동 정도가 농촌을 그나마 잠깐 체험하는 기회였다. 곽이경도 농활 다녀온 후 며칠 정도 쌀밥 아껴 먹다가 금세 농촌을 잊곤 했다.

　　백남기 농민 투쟁은 그에게 농민들과 1년 가까이 지내는 기회를 주었다. "조병옥 총장님(전농 전 사무총장)하고 악수를 하는데, 그분 손이 엄청 두텁고 거칠더라고요. 우리끼리 농담으로 농협 노조 위원장 같다고 할 정도로 굉장히 도시 사람 이미지신데 손은 달라요. 농사를 짓는 손, 흙을 만지는 손은 굉장히 두텁고 거칠다는 걸 느꼈어요."

　　곽이경은 그때가 변화의 계기였다고 했다. 농사를 짓는 구체적인 손들을 마주잡으면서 말로는 표현 못 할 느낌을 받았다. 농산물이 공장에서 기계 찍어내듯 나오는 것이 아니라는 당연한 사실을 제대로 알게 되었다. 그리고 농사는 소중한 것이고 농민들에겐 절대 빼앗길 수 없는 터전이라는 것을 구체적으로 깨달았다.

　　노동운동의 최저임금 논의와 농민운동의 최저농산물가격 보장의 맥락이 어떻게 연결되는지도 깨달았다. 노동자들에게 인간답게 살 권리의 기본이 최저임금 인상이라면, 농민들의 최저농산물가격 보장도 마찬가지라는 것. 이론으로는 알고 있었지만 이 문제가 절실한 농민들을 만나면서 피부로 느끼게 되었다. 그렇다면 노동운동과 농민운동이 만나서 어떻게 공동의 목표를 세워 실천해 나가야 할지를 진지하게 고민하고 공부한 시간이기도 했다. 'FTA든 수입개방이든 농산물을 값싸게 사 먹으면 좋은 거 아닌가?'라는 생각을 은연중에 하면서 결국 한국에서 농업은 포기해야 한다

"농사를 짓는 손, 흙을 만지는 손은 굉장히 두텁고 거칠다는 걸 느꼈어요."
민주노총 대외협력부장 곽이경.

고 치부한 것은 아닌지 반성했다. 농사가 전부인 농민들의 입장과 정서를 전혀 고려하지 않은 말들이 노동운동 진영에서조차 너무 쉽게 오갔다는 것을 깨달았다. 자신이 농민들과 너무 멀리 떨어져 있기 때문이었다.

무지개깃발 휘날리며

곽이경 국장은 노동운동가이면서 성소수자인권운동을 하는 성소수자다. 백남기 농민 투쟁 현장마다 단 한 번도 빠지지 않고 펄럭인 깃발이 바로 '무지개깃발'(행동하는 성소수자인권연대)이었다. 시신 탈취의 우려 때문에 서울대병원에서 운구차를 에워싸고 영안실로 향할 때에도 성소수자인권운동 활동가들도 나섰다.

곽이경이 활동했던 '행동하는 성소수자인권연대'는 연대 활동을 강조하는 조직이다. 성소수자들은 일상에서 받는 편견은 말할 것도 없고, 당연히 보장되어야 하는 법의 보호나 사회적 제도에서도 배제되곤 한다. 이성애자는 결혼이나 비혼을 선택할 수 있지만, 성소수자에게는 결혼할 권리가 보장되지 않는다. 비록 그 의무를 위반하는 경우가 종종 있다 해도, 국가의 존재 이유는 국민을 보호하는 것이다. 그러나 그 국가가 성소수자는 아예 없는 국민으로 취급할 때가 많다. 그래서 성소수자들은 국가폭력에 맞닥뜨릴 때 훨씬 더 큰 분노를 느끼고 피해자에게 공감한다. 국가폭력의 피해자는 대부분 권력을 갖지 못하고 자원이 부족한 사람들이다. 하지만 자신의 처지에 매몰되지 않고 불의한 상황에 항거한 사람들이기도 하다. 불의한 일상을 겪는 성소수자들이 국가폭력의 피해자와 연대하는 것은 그것이 곧 자신의 싸움이기 때문이다. 그래서 백남기 농민 투쟁에 함께하는 것이 당연했고 특별한 의미를 부여할 필요도 없는 것이었다.

"사회가 작은 사람들의 목소리를 완전히 외면하고 있는 거죠. 세월호도, 백남기 농민도 마찬가지예요. 성소수자의 목소리도 늘 묻혀버린다는 점에서 서로 다른 싸움이 아니라고 생각해요. 저는 여성, 성소수자, 이주민, 장애인의 목소리가 더 많이 드러나야 한다고 생각해요. 민중운동 안에서도 작은 목소리들이 묻히는 일이 많고 여전히 배제되곤 하죠. 저는 그래서 백남기 농민 투쟁에서부터 촛불항쟁까지 이런 목소리를 담아내야 한다고 생각해서, 부족하지만 많은 노력을 했어요."

도시 출신 곽이경에게 농민이 낯선 것처럼, 문화적으로 보수성이 강한 농민들에게도 성소수자의 존재는 낯설었다. 민주노총 대외협력국장이라는 직책 때문이기도 했지만, 곽이경 국장은 시간이 허락되는 대로 농성장을 지키면서 많은 농민운동가와 만났다. 그럼으로써 조직 대 조직의 연대가 아니라 개인으로서 농민운동가들과 친해질 수 있었다. 곽이경은 그 만남을 통해 서로의 교차점을 확인하고 확장한 것이 개인적으로 큰 소득이었다고 말한다. 매주 목요일마다 백남기 농민 회생 기원 촛불문화제를 열었는데, 파업 현장의 노동자들 및 인권운동가들을 초대해서 이야기를 듣기도 했다. 농민과 노동자가 서로의 처지를 이해하고 인권이라는 틀로써 자신들의 운동을 점검해볼 기회를 마련하려는 의도였다. 백남기 농민 투쟁이 농민만의 문제가 아니라는 것도 강조하고 싶었다. 백남기 농민이 쓰러졌던 자리에 노동자든 청년이든 누구든 설 수 있었기 때문이다. 하여, 각자의 운동 논리에만 매몰되면 국가폭력에 대항하는 싸움은 할 수 없다는 것도 깨달았다.

"노동, 농민, 빈민, 이런 기층대중의 연대모임이 있어요. 제가 그 모임에 나가서 사랑하는 사람이 있고 그 사람은 여자라고 하면 다들 당황해요. 잘 모르던 세계니까요. 그런데 나중에 농민들이 술을 드시면서 조용히 말씀하세요. 내가 잘 몰랐다고, 그리고 아직도 이해를 잘 못 해서 미안하다고요. 그래도 이제 무지개깃발이 어떤 의미인지는 알게 됐다고 하시더라고요."

곽이경은 연대란 이질적인 존재들끼리의 접촉면을 만드는 과정이라고 말한다. 낯선 사람들과의 접촉을 통해 자신의 존재가 어떻게 변화를 일으키는지를 스스로 관찰한다. 이는 곽이경에게 도전의 시간이기도 하다. 자신에게는 농민운동을 이해하고 받아들이는 과정이었지만, 농민운동이 성소수자운동과 노동운동을 받아들이는 과정도 되었으리라 믿는다.

서로 미안하다는 말

세상은 때로 혹독한 방식으로 세계가 서로 연결되어 있음을 알려준다. 후쿠시마에 닥친 쓰나미가 전기를 마음껏 쓰며 누린 편리

함의 대가가 무엇인지 보여주었고, 세월호 사건을 통해 '안전사회'란 추상적인 개념이 아니라 삶의 절박함이 담긴 말임을 알았듯이 말이다.

대형 사업장 주변은 주로 농촌이다. 공장이 잘 돌아가면 노동자들에게는 좋은 일이겠지만, 공장에서 내뿜는 오염물질은 농촌 주민들에게 고통을 준다. 그런데 여기에서 끝나지 않는다. 농토와 농민이 병들면 이는 바로 먹거리 생산의 위기로 이어진다. 또한 먹거리 생산의 위기는 노동자와 그 가족들의 먹거리 위험으로 이어진다. 백남기 농민의 희생은 이와 같은 사람과 삶의 촘촘한 연결성을 깨닫게 해준 계기이기도 했다. 구체적으로 다가오지 않았던 농업과 농촌, 그리고 농민과 직접 대면하는 시간이 우리에게 주어졌다.

송버나뎃 수녀는 수도자의 신분으로 투쟁 현장에서 오가는 낯선 말들의 세계로 용기 있게 발을 내디뎠다. 그는 백남기 농민 투쟁 농성장에서 견디기도 했고 버티기도 했다. 처음엔 이 투쟁에 작은 힘이라도 보태려고 애를 썼지만 그 또한 성과를 내려는 자신의 조바심이라는 사실을 깨달았다. 그저 가만히 있기로 한 그 결정을 통해 자신의 세계를 확장시킬 수 있었다. 곽이경과 마찬가지로 도시에서만 살아오면서 '밥'이 누구의 손에서 오는지도 모른 채 생명의 양식을 갈구했던 삶을 돌아볼 수 있었다.

각자의 삶의 논리와 대변만이 있을 뿐 당사자가 되어볼 경험이 많지 않은 세상에서, 대학로에서 수많은 당사자를 만났던 곽이경의 시간은 물리적 시간을 뛰어넘었다. 그 시간은 한 명의 운동가를 성장시켰을 뿐 아니라 한 사회의 시간을 성숙하게 만들기도 했다. 이는 백남기 농민 투쟁이 만들어낸 연대의 큰 의의다.

그저 밧줄을 당긴 늙은 농민을 죽게 만든 국가폭력에 대한 분노, 농촌과 농민에 대한 무관심에 대한 뒤늦은 각성이 이 싸움을 지속하게 만들었다. 또한 낯선 세계의 사람들이 끊임없이 접선하는 공간이 탄생했다. 서로가 서로를 배우고 성장하는 공간이기도 했다.

14

스물세 번의 촛불 켜는 토요일

'생명과 평화의 일꾼 백남기 임마누엘'을 광주 망월동에 묻고 돌아왔지만, 그의 바람과 분노는 그대로 남아 있었다. 그가 마지막으로 외쳤던 구호는 '쌀값 보장'과 '밥쌀 수입 중단'이었다. 그러나 밥쌀은 버젓이 수입되고 쌀값은 바닥을 모르고 추락했다. 백남기 농민을 죽음에 이르게 한 공권력의 실체와 세월호의 진실에도 단 한 걸음 다가가지 못하고 있었다.

촛불 타오르다

백남기 농민의 부검영장 유효 만료 하루 전인 2016년 10월 24일 월요일, 박근혜는 개헌 카드를 꺼내들었다. 하지만 시민들의 답변은 퇴진을 촉구하는 촛불이었다. 2016년 10월 29일 토요일 광화문에서 3만 명이 모여서 첫 번째 촛불을 들었다. 촛불문화제를 주도한 민중총궐기 투쟁본부는 5,000명 정도의 참가를 예상했지만 그를 훨씬 웃도는 사람들이 모였다. 단체 소속이 아닌 시민들의 참여가 눈에 띄게 많았다.

1차 촛불문화제가 치러지고, 일주일 뒤인 2016년 11월 5일 토요일은 백남기 농민의 장례식이 엄수되는 날이기도 했다. 명동성당에서 광화문광장까지 이어진 백남기 농민의 노제가 끝났지만, 시민들은 자리를 떠나지 않은 채 초에 불을 붙였다. 백남기 농민의 유해가 보성으로 떠난 뒤에도 사람들은 계속 모여들어, 오후 5시가 되자 주최 측 추산 10만 명의 인파가 광화문광장으로 모여들었다. 그리고 바로 촛불 행진으로 이어졌다. 그새 2만 명이 더 합류했다. 모두 한목소리로 '박근혜 퇴진'을 외쳤다. 밤 9시 집회 종료 시간에 최종 집계한 결과, 서울에만 20만 명의 시민들이 모였다. 서울에서만이 아니라 부산, 광주, 대구 등 광역시를 비롯해 전국 곳곳에서 촛불이 켜졌다.

1년 전 13만 명이 모인 2015년 11월 14일 민중총궐기대회가 열렸을 때, 백남기 농민이 서울로 올라갔다. 사람들이 모였다는 이유로 갑호비상명령이 발동되고 물대포를 쏘아 한 목숨을 빼앗아 갔다. 그보다 더 많은 인원이 모인 2차 촛불문화제는 백남기 농민의 장례가 치러지던 날이었다. 그리고 2017년 5월까지 총 23차에 걸쳐 매주 열린 거대한 규모의 촛불문화제에서는 단 한 건의 불상사도 일어나지 않았다. 이는 시민들이 합법의 범위에서 질서를 지켜서가 아니다. 집회 자체를 통제하지 않으면 불상사가 일어나지 않는다. 본래 집회란 여러 사람이 모여 정치적 의견을 말하고 관철시키기 위해 다양한 행위를 하는 것이다. 피켓도 들고 소리도 지르고 상여도 든다. 집회는 애초부터 불온하고 불편한 것이다. 주장하고자 하는 의제가 대체로 정부에 반하는 것들이고 더 많은 몫을 요구하는 것이니, 당연히 정권과 가진 자의 입장에서는 불온한 일이다.

법원은 집회 금지 통고의 가장 주요한 이유로 공공의 질서를 훼손하고 교통 불편을 유발한다는 점을 든다. 1급 수배범이었던 한상균 위원장의 죄목 중 하나가 '일반교통방해죄'였다. 도로에 차가 다니지 못하게 하고 신호등 체계를 어지럽혔다는 이유다. 하지만 질서정연함을 지키려면 모일 필요가 없다. 권력이 강제하는 그 질서정연함 자체를 전복시키려고 모이는 것이 집회와 결사다. 농업은 경제에 도움을 주지 않으니 농산물 수입을 개방하라는 국가의 지시를 거부하는 것이고, 마음껏 노동자들을 자르고 최저생활비보다 못한 봉급을 주어도 된다는 기조에 반대하는 것이다. 질서 있는 주장이란 있을 수 없다. 광장에서 좌충우돌하면서 이야기가 쏟아져 나오는 것이고 사람이 모이다 보면 지저분해지고 시끄러워진다.

강신명 전 경찰청장과 구은수 전 서울경찰청장은 과잉진압에 대한 질문을 받을 때마다 불법·폭력 집회를 어떻게 진압하라는 말이냐며 되물었다. 구은수 전 서울경찰청장은 형사 재판에서 2015년 11월 14일 민중총궐기대회를 '사상 유례없는 불법·폭력 집회'라면서 피해자(백남기)를 말리지 않은 시위대의 잘못도 있는데 왜 경찰만 나무라느냐며 항변했다. 법질서를 지키는 경찰의 사기를 고려해달라는 최후 진술도 했다.

2016년 11월 13일 박근혜 탄핵 촉구 촛불문화제.
농민들이 청와대 방향으로 상여를 메고 행진했고 시민들이 그 주위에 하나 둘 촛불을 놓았다.

불법 행위가 있어서 공권력이 작동하는 것이 아니다. 처음부터 자유가 제한된 상태에서는 공권력이 반드시 과하게 작동하게 마련이다. 이미 참가 자체가 불법이고 국가에 대한 반항과 폭력이기 때문이다. 시민들이 평화를 지켰기 때문에 평화 집회가 성사된 것이 아니라 불법이라는 딱지를 붙이지 않으면 평화가 지켜진다. 물대포가 배치되지 않으면 쏘지 않아도 된다.

박근혜 퇴진이라는 구호가 터져나온 2016년 10월 29일 1차 촛불문화제 때부터, 경찰은 교통 불편을 이유로 집회까지는 허용했지만 행진은 불허했다. 이 때문에 참여연대 공익법센터 소속 변호사들은 "경찰이, 단지 '교통 방해'를 이유로 행진을 금지 통고하는 것은 헌법이 보장한 표현의 자유 그리고 집회와 시위의 자유를 침해하는 것으로, 부당하며 용납할 수 없다"고 '집회금지 통고처분 취소청구 소송', '금지통고 집행정지 가처분신청'을 냈다.

참여연대 공익법센터의 변호사들은 촛불문화제가 열릴 때마다 매주 소송을 했다. 월요일이나 화요일에 경찰로부터 집회행진금지 통고를 받으면 바로 가처분신청을 냈다. 목요일이나 금요일에 심문기일이 잡히고 법원 선고가 나면 토요일에 촛불 행진을 했다. 행진 신고에 대한 금지통고 행정소송에서 매번 승소하면서 경찰들도 더 이상 집회 참가자들의 행진을 막지 않게 되었고, 평화롭게 집회와 행진을 진행할 수 있었다.

최순실 국정농단의 실체가 드러나고 국가의 법치주의가 무너진 자리에서, 시민들은 집회의 자유를 억압하는 악법과 싸워나갔다. 그렇게 스물세 번의 토요일에 모여 촛불을 들었다.

서울로 간 전봉준들*

2016년 11월 12일에 열린 3차 촛불문화제에는 100만 명이 참가했다. 100만이라는 사람들이 모인 데는 국정농단이라는 결정적 계기가 있었지만, 그 이전의 크고 작은 싸움의 역량이 축적된 결과이기도 했다. 보성의 작은 농민에게서 시작된 이 싸움의 끝은 '백남기들'의 몫이었다.

2016년 11월 6일 광주 망월동에 백남기를 묻고, 전농 회원들은 곧바로 토론회를 열었다. 이미 전국 곳곳에서 박근혜 퇴진을 외치는 촛불이 타오르고 있으니 농민들이 들불을 놓자는 결의가 모아졌다. '트랙터를 몰고 청와대로!'의 구호를 내걸고 '전봉준투쟁단'이 꾸려졌다.

11월 15일 전봉준투쟁단은 김영호 전농 의장을 총대장으로, 동군과 서군으로 나누어 출정했다. 서군 대장은 이효신 전농 전 부의장이 맡아 해남에서 출발, 전남과 전북, 충남을 거쳐 경기도 안성으로 진격하기로 했다. 동군 대장은 최상은 전농 전 부의장이 맡아 진주에서 출발했다. 경남과 경북, 충북을 거쳐 안성에서 서군과 만나기로 했다. 안성에서 동군과 서군이 만나 함께 서울로 진격하기로 한 것이다.

트랙터는 농가에서 가장 값나가는 물건이자 농가 자산의 큰 부분을 차지한다. 마력에 따라 차이가 있지만 비싼 트랙터는 1억 가

---

* 안도현의 시 〈서울로 가는 전봉준〉에서 따왔음을 밝힌다.

까이 한다. 사람이 없고 점점 더 기계에 의존하는 농업에서 트랙터는 필수 농기계다. 농가마다 트랙터와 콤바인, 트럭, 농작물 관리기 등 각종 농기계를 갖추지만 이는 또 농가 부채의 원인이기도 하다. 농민의 한과 애증이 서린 농기계가 바로 트랙터다. 이 트랙터를 끌고 나오겠다는 것은 농민 자신을 끌고 나오는 것이고 '모든 것'을 건다는 강력한 상징이다. 1985년 농민들이 자신의 모든 것인 소를 끌고 서울로 올라갔던 것과 마찬가지다.

흙바닥에서 작업하도록 설계되어 있어 자동차와는 바퀴의 용도가 많이 다르다. 장시간 아스팔트 바닥을 이동하면 바퀴 마모가 심하다. 가격도 자동차 바퀴의 서너 배는 훌쩍 넘는다. 덩치만큼 먹는 기름도 엄청나다. 그 모든 것을 감수하고 트랙터를 끌고 나온 것은 단순히 위용을 과시하려는 의도가 아니었다. 그만큼 간절하게 모든 것을 걸겠다는 뜻이다.

2016년 11월 15일 출발한 전봉준투쟁단은 열흘 만인 11월 24일 안성에서 동군과 서군이 만났다. 그리고 트럭에 나락을 실은 농민들도 안성으로 집결해 전봉준투쟁단과 합류했다. 이들은 동학의 접주들처럼 가는 곳곳마다 사람들에게 농업의 문제와 정치의 현안을 알렸다. 트랙터를 타고 행진하는 전봉준투쟁단을 길에서 만난 시민들, 밭일 하던 농민들이 박수를 치고 손을 흔들며 응원을 보내주었다. 투쟁단을 이끌던 총대장 김영호 전농 당시 의장은 이 모습을 보면서 민심을 직접 느꼈다. 이 싸움은 꼭 이길 수 있다는 자신감을 얻었다.

전봉준투쟁단의 서울 진입만은 막으려는 경찰에 맞서, 농민들은 중간 집결지인 안성IC에서 격렬한 싸움을 벌였다. 이번에는 물대포에 힘없이 부서질 나무 상여가 아니었다. 트랙터는 경찰들도 함부로 막기 어려운 무게를 가졌다. 트랙터는 경찰의 저지선을 뚫고 고속도로에 진입해 죽전휴게소에서 다시 농민들과 합세했다. 그렇게 서울로 진격하다 양재 나들목에서 또 한 번 경찰과 대치했다. 이날 농민 36명이 연행되고, 충돌 과정에서 다친 농민들이 병원에 실려 갔다. 경찰 채증카메라에 머리를 맞은 총대장 김영호의 얼굴에 피가 흐르는 장면이 인터넷으로 생중계되면서 시민들의 분노는 커졌다. 시민들은 기름 값이라도 보태라며 후원금을 보냈고, 양재IC에서 노숙 투쟁을 벌이는 농민들에게 담요와 물, 음식을 전달했다. 이렇게 시민들과 마음을 합친 전봉준투쟁단이 마침내 11월 26일 열린 5차 촛불문화제에 합류했다.

2016년 12월 8일, 전봉준투쟁단이 또 한 번 트랙터에 시동을 걸었다. 박근혜 탄핵소추안 의결을 하루 앞둔 날이었다. 이번엔 수원에서 막혀 다시 경찰들과 밤새 대치했지만 결국 김영호 총대장이 탄 트랙터가 길을 뚫고 국회 앞까지 진격했다. 12월 9일, 여의도 국회 앞에 입성한 트랙터를 시민들이 큰 환호와 박수로 환영했다. 그리고 스마트폰을 꺼내 전봉준투쟁단 트랙터를 배경으로 사진을 찍으며 환호했다. 전봉준투쟁단 총대장 김영호가 트랙터에 올라서서 소리 높여 외쳤다. "드디어 전봉준투쟁단의 트랙터가 썩은 정권을 갈아엎었습니다! 농민들의 투쟁과 시민들의 힘이 만들어냈습니다!"

백남기 농민이 마지막 투병 중이던 2016년 9월 22일에 열린 농민대회.

2016년 10월 1일 백남기 농민 사망 진상 규명 촉구 집회.

눈물로 씨 뿌리던 자들, 환호하며 거두리라

11월, 농촌에서는 가을걷이를 마치고 겨울 채비를 한다. 요즘 농촌은 계절이 따로 없기는 하지만, 가장 큰 농사인 나락을 추수하고 여러 채소도 거두어 김장까지 담그면 한 해 농사의 끝이 보인다. 이때는 한 해의 농사가 끝나가는 시기이면서 새로운 시작을 준비해야 하는 때다.

수확과 파종

　　하곡 농사를 준비하는 농가라면 이즈음 파종을 한다. 긴 겨울을 보낸 후 4월 말이면 이삭이 나오고 5월이면 밀과 보리가 익어간다. 추수까지 한 달은 더 기다려야 한다. 이때가 이제 추억담처럼 남은 '보릿고개'다. 이 배고픈 때가 밀사리의 시기다. 덜 여문 밀 이삭을 불에 구워 먹는 것이 밀사리다. 이것으로나마 허기를 조금 넘긴다. 요즘은 농사체험행사에서 밀사리 체험도 하지만, 굶주렸던 당사자들에게는 즐거운 추억만은 아닐 것이다.

씨 뿌리는 마음에는 늘 눈물이 깃들어 있다. 당장의 굶주림을 참으며, 몇 끼니를 해결할 수 있는 알곡을 끝내 종자로 지켜내야 농민이다. 농사란 오로지 미래를 바라보는 일이다. 그 미래가 밝아 본 적은 없더라도, 땅이 있고 씨앗이 있다면 눈물을 머금고 씨를 뿌린다.

우리밀 농사는 암담한 상태다. 가격은 몇 년 내내 바닥인 데다 소비는 늘어나지 않고 있다. 쌀 소비량이 점점 줄어드니 이명박 정부는 쌀 대체작물로 밀을 주목하고 밀 자급률을 10%로 끌어올리겠다고 했다. 대선 때마다 우리밀 자급률을 높이겠다는 후보는 많았다. 하지만 수입 밀보다 3배 비싼 우리밀은 재고로 쌓여가는 처지다. 창고에 재고가 쌓이자 새로 수확한 밀을 수매해주지도 않아 우리밀 농사를 포기하는 농민이 늘어나고 있다. 백남기 농민도 상황이 더 나아지지 않을 것임을 잘 알고 있었다. 아니 우리밀 농사를 지어서 돈을 만져본 적이 없었다. 그래도 백남기, 박경숙은 2015년 초여름에 거둔 밀알 중에서 가장 실한 것을 골라 일일이 씨앗으로 뿌렸다. 희망이 있어서가 아니라 지금 씨를 뿌리지 않는다면 그 희망의 작은 가능성마저도 흩어져버리기 때문에.

한 사람이 죽었다. 그 죽음의 장이 되어버린 민중총궐기대회의 주체였던 민주노총, 전농, 가농, 전여농은 죄책감, 막막함, 분노 등을 끌어안고 백남기 농민 대책위를 이끌어왔고, 상주를 자처했다. 막막한 암흑 속에 갇힌 추운 시간을 견뎌냈다. 하지만 그 시간들이 오직 춥기만 했던 것은 아닐 것이다. 겨울 땅속에 뿌려진 밀 씨앗은 뜨거운 여름을 품고 있으므로. 그해 겨울은 뜨거운 겨울이었다.

상복을 입지 못한 상주, 민주노총 한상균

민중총궐기대회를 주도했다는 이유로 구속 수감되었던 민주노총 한상균은 2018년 5월 21일 만기 출소 6개월여를 남겨두고 가석방되었다. 일주일에 한 번 구치소 면회시간마다 민주노총 실무자들에게 백남기 농민 투쟁 상황 보고를 제일 먼저 듣던 한상균이었다. 민주노총의 연대 활동이 느슨하거나 투쟁 보고가 구체적이지 않을 때면 역량을 집중하라며 질책도 하고 독려도 했다.

그는 구치소에서 백남기 농민의 사망 소식을 듣고 '상주 한상균 올림'으로 끝을 맺는 서신을 띄웠다. 그는 이 편지에서 민주노총은 당연히 상주이며 그 맡은 책임을 다하겠다는 각오를 적어두었다.

백남기 어르신이 돌아가셨다는 비보를 밤 8시에 들었습니다. 까치도 비보를 전하고 싶지 않았는지 오늘따라 조용합니다. 가슴이 찢어지고 피가 거꾸로 솟구칩니다. 기적이 있다면 어르신이 벌떡 일어나게 해달라고 기도했건만 수많은 당부를 침묵 속에 남기고 떠나가셨습니다.

민주노총은 상주가 해야 할 일을 책임 있게 다하려 합니다. 침묵 속 당부가 무엇인지를 낱낱이 적은 부고를 이 땅의 노동자, 민중에 돌리겠습니다. 어르신의 소박한 바람, 사람답게 살아갈 수 있는 세상을 대단결 강고한 연대투쟁으로 이루고야 말겠다는 각오도 새기도록 하겠습니다. 하늘에서 굽어보실 생지옥 난장판인 한국 사회가 걱정이시겠지만, 이제는 산 자들의 몫으로 넘겨주시고 편히 쉬시길 바라봅니다. 쌀값 폭락, 황금 들판을 그대로 갈아엎는 농민의 피눈물과 비정규직, 해고자, 무권리 노예가 아닌 세상의 주인 노동자로 살기 위해 총파업으로 맞서고 있는 노동자들의 분노도 이제는 지켜만 봐주십시오.

올해는 11월 12일에 민중총궐기를 합니다. 이미 모두가 백남기라는 각오로 싸우자는 다짐을 했고 올해는 차벽과 물대포에 갇히지 않고 불의한 박근혜 정권을 무릎 꿇리고야 말겠습니다.

감옥에서 나가 향 피우고 곡차 한잔 올리면서 살인정권의 책임을 어찌 물었는지, 평화통일은 다시 가까워지고 있으며 노동자, 농민, 빈민, 청년학생, 중소상공인 모두가 한편이 되고 있다는 보고도 드리도록 산 자의 몫을 다하도록 하겠습니다.

하늘나라 좋은 곳에서 영면하시옵소서. 명복을 빕니다.

2016년 9월 27일

서울구치소에서 상주 한상균 올림

백남기 농민이 병상에서 사투를 벌이고 있을 때, 수배자 신분에 묶여 한 번도 찾아갈 수 없던 일을 한상균은 가장 죄스럽게 여기고 있었다. 죄책감은 잘못을 저지른 자들이 갖는 것이 아니다. 책임을 지려는 마음, 한없이 미안한 마음들이 그 무게를 스스로 진다. 물대포 살수의 최종 명령권자인 강신명과 구은수, 그리고 물대포를 쏜 경찰들 중 누구도 갖지 않았던 죄책감 말이다.

한상균은 가석방 출소를 하자마자 광주 망월동 백남기 농민의 묘소에 참배하는 것으로 공식 일정을 시작했다. "백남기 어르신 가족이 어떻게 생각하시든, 내가 상주를 자처했는데 장례식을 못 지켰습니다. 그러니 먼저 인사하는 것이 당연한 도리가 아니겠습니까?"

백남기 농민 묘소를 참배한 후, 한상균은 따로 백도라지를 만나서 미안한 마음을 전했다. 백도라지는 한상균이 구속 수감되어 선거 공판을 기다리던 2016년 7월에 장문의 한상균 석방 탄원서를 《한겨레》에 실었다.* 이 탄원서에서 백도라지는 자신의 아버지를 물대포로 쓰러뜨린 책임자에 대한 조사는 더디기만 한데, 가족에게는 사과조차 하러 오지 않으면서 한상균 잡기에만 혈안이 되어 있는 경찰을 질타했다. 그리고 "경찰과 검찰은 정부의 입장에서 잘못된 권력 행사를 인정하지 않고 있지만 사법부만큼은 제발 인권을 존중하고 보호하는 원칙으로 상식적인 판결을 내리길 바란다"며 한상균 위원장의 석방을 호소했다.

여전히 그는 싸움의 복판에 서 있다. 우리 모두 열사가 아닌 전사가 되어서 싸워야 한다고, 백남기 농민 한 명의 싸움이 아니라 '백남기들'의 싸움이라고 거듭 강조했다. 신자유주의가 전 세계를 장악하고 있지만 고통을 겪는 정도는 그 사회의 역량만큼 매우 다

---

* 2016년 7월 1일자. 원문 http://www.hani.co.kr/arti/society/labor/750607.html.

"평화통일은 다시 가까워지고 있으며 노동자, 농민, 빈민, 청년학생, 중소상공인 모두가
한편이 되고 있다는 보고도 드리도록 산 자의 몫을 다하도록 하겠습니다."
민주노총 전 위원장 한상균.

르다. 사람 목숨 값이 가장 만만하고 싸게 매겨지는 사회에서 사람들이 겪는 고통이 가장 참혹할 수밖에 없고, 그곳이 바로 한국 사회다. 그러니 공동의 목표를 세워 싸워나가는 일이 중요하다. 노동문제와 농민문제 모두 신자유주의에 함께 갇혀 있기에 노동문제만 해결된다고 해서 노동자들이 행복해질 리 없고 그 반대의 경우도 마찬가지다. 그렇기 때문에 한상균은 함께 싸우고 함께 해결해나가야 한다는 점을 강조했다. 그 마음으로 민중총궐기대회를 준비했던 것인데 '어르신'을 잃게 되어 이루 말할 수 없을 정도로 죄스러울 뿐이다. 그래서 한상균은 더욱 이 싸움을 멈출 수가 없다.

한상균은 2015년 11월 14일 처음부터 경찰 차벽에 막혀 고립되고 말았던 그날의 광화문 교통섬에 다시 서서 주먹을 불끈 쥐었다. 그날 교통섬 차벽을 무너뜨리지 못해 백남기 농민이 물대포를 맞고 쓰러진 자리까지 진격하지 못했던 아픔을 마주했다. 한상균은 이제 백남기 농민이 끝내 놓치고 말았던 (차벽)밧줄을 다시 잡으려는 참이다.

탈상을 하지 못한 사람, 가톨릭농민회 손영준

백남기 농민이 평생 적을 둔 조직이 가톨릭농민회다. 그가 물대포에 쓰러진 직후 가장 먼저 연락이 닿은 조직도 가톨릭농민회였다. 사고 첫날 의료진들은 회생 가능성이 없으니 보성으로 내려가 임종을 준비하는 것이 좋겠다고 했다. 때문에 대책위는 임종과 장례 준비를 염두에 두어야 했다. 대책위는 곧 장례위원회가 될 것이었고, 참여 단체들은 가톨릭농민회가 상주의 역할을 맡아야 한다고 자연스럽게 의견을 모았다. 그때부터 가톨릭농민회에 종신한 백남기 농민이 '백남기 임마누엘'로 불렸다.

맏상제의 역할을 숙명으로 받아들인 가농의 정현찬 회장은 가톨릭농민회뿐만 아니라 한국의 굵직한 농민운동사에 빠지지 않고 이름이 등장하는 원로 농민운동가이자 현역 농민운동가다. 진주시농민회 회장과 경남도연맹 의장을 거쳐 전국농민회총연맹 의장을 지내기도 한 정현찬의 역사가 가농의 역사이자 전농의 역사다. 그래서 전농과 가농의 후배들을 아우르는 역할을 자연스럽게 맡았다.

1970~80년대, 사회비판 의식을 가진 농민들은 가톨릭농민회나 기독교농민회에 들어가 농민운동을 했다. 전농 전 의장 김영호도 마찬가지였다. 1987년 가톨릭농민회에 입회해 열정적으로 농민운동을 했다. 가톨릭에서 세례를 받은 사람만이 접할 수 있는 '성체' 맛은 궁금했지만 가톨릭 세례를 받지는 않았다.

김영호는 백남기 농민 투쟁이 쉽지 않은 여정이 되리라는 것을 알았다. 전농 깃발만 들고 나아갈 싸움이 아니라는 것도 알았다. 더 많은 힘이 모여야 하지만, 일반 시민들은 전농을 과격한 농민 집단, '데모쟁이'로 인식하고 있어 투쟁을 알리고 확산시키는 데 한계가 있을 것이라는 것도 능히 짐작할 수 있었다. '백남기 임마누엘'의 의미를 김영호 의장은 이렇게 설명했다.

"가톨릭은 한국 사회에서 신뢰를 받는 몇 안 되는 집단 중 하나 죠. 김수환 추기경이 종교를 떠나 존경을 받는 것처럼, 가톨릭은 한국 사회의 위기 때마다 사회적 역할을 수행해왔어요. 주교님이 나 신부님들의 한마디는 전농 의장이나 총장의 발언과는 영향력 자체가 아예 달라요. 백남기 농민이기만 했다면 이 싸움은 훨씬 어려웠을 겁니다. '백남기 임마누엘', 이 이름이 정말 중요해요."

2016년은 한국가톨릭농민회 창립 50주년을 맞는 해였다. 가톨 릭농민회의 역사는 한국 농민운동의 역사이기도 하다. 뭐든지 빨 리 만들어지고 사라지는 사회에서, 한 사회운동조직이 50주년을 맞이한다는 것 자체가 대단한 일이다. 50년 동안 조직의 정체성을 잃지 않았다는 사실이 그 회원들이 얼마나 많은 토론과 성찰을 하 면서 조직을 지켜냈는지 보여주기 때문이다.

그러나 창립 50주년을 맞는 가톨릭농민회 전국본부는 기쁜 마 음일 수만은 없었다. 50주년 행사로 무엇을 해야 할 것인지는 부 차적인 문제였다. 2015년은 50주년을 어떻게 맞이해야 할지에 대 한 고민이 치열했던 해였다. 관성적으로 기념행사를 치러내도 사 람들은 문제 삼지 않겠지만, 이곳에서 일을 하는 활동가들은 마음 이 달랐다. '생명공동체운동'이라는 기치를 걸고 전국농민회총연 맹과 발전적으로 분화했지만, 제대로 생명운동의 가치를 실현하 고 있는지를 냉철하게 돌아볼 시기였던 것이다.

아픈 질문은 내부로부터 나올 때 힘이 있다. 여전히 '오원춘 사 건'과 '함평 고구마 투쟁'이라는 과거의 영웅담에만 묶여 있는 것 은 아닐까. 가톨릭농민운동을 수행하는 농민운동조직이 아니라 그저 친환경 농산물을 출하하는 작목반 조직처럼 되어버린 것은 아닐까. 마을 공동체 살리기를 통한 '생명공동체' 건설이라는 가톨릭농민회의 조직 목표는 실현되고 있을까. 이런 성찰을 하면서 전국의 가톨릭농민회 회원들과 전국본부의 고민이 깊어지고 있었다.

그러나 길이 잘 보이지 않았다. 한때는 독재정권을 떨게 하며 한국 농민운동의 기틀을 잡았던 가농 회원들은 이제 노인이 되었고, 종종 부고가 날아든다. 한국 농촌의 고령화는 농민운동의 고령화이기도 하다. 해마다 열리는 '가톨릭농민회 동지회'는 이제 밤 10시를 넘기지 못하고 술자리가 끝나곤 한다. 자리에 함께하지 못하는 동지들도 해마다 늘어나 빈자리가 많아졌다. 입회하는 젊은 농민 회원은 드물고, 젊은이 특유의 좌충우돌 없이 차분하기만 하다. 이런 고민은 가톨릭농민회만의 문제는 아닐 것이다. 그때 백남기 임마누엘과 맞닥뜨리게 되었다.

처음에 가톨릭농민회에게 백남기는 하나의 사건이었다. 민중총궐기대회에 참석했던 한 농민이 물대포에 맞고 서울대병원 응급실에 실려 왔는데 매우 위독한 상태였다. 그런데 사고 당사자가 가톨릭농민회의 회원이었다. 전후 사정 따질 것 없이 병원에 달려가 경과를 보고받고 보고해야 할 의무를 가톨릭농민회가 지게 되었다. 그런데 그 농민이, 가농 전국본부 회장으로 추천되기까지 했던 백남기 임마누엘이었다.

사건이었던 백남기는 이제 한 사람으로 다가오기 시작했다. 사고 소식을 들은 전국의 가톨릭농민회 회원들이 서울대병원 천막 농성장으로 찾아왔다. 그동안 연락이 잘 닿지 않고 활동도 뜸했던 회원들도 모였다. 차마 가만히 있을 수는 없어서 농성장에 잠시 앉아 있기라도 하겠다며 올라온 것이다. 그저 해마다 치르는 기념행사이기만 했다면 나 하나 빠져도 되는 일이지만 이번에는 그럴 수가 없었다. 소위 데모에 나가본 것도 오래전이고 아예 경험이 없는 회원들도 있지만, 그런 걸 따질 계제가 아니었다.

당시 가농 사무총장 손영준이 가톨릭농민회 전국본부 실무자로 일한 지 10년이 넘었지만, 백남기 임마누엘은 낯선 이름이었다. 임봉재가 가농 회장 임기를 마칠 즈음 후임 회장으로 강력하게 천거했던 사람이 백남기 가톨릭농민회 광주대교구 회장이었다는 것과 백남기 본인이 한사코 사양했다는 정도만 기억날 뿐이었다. 그러다 백남기 농민의 지나간 삶의 흔적을 복원하고 조각들을 맞춰가면서 백남기 농민의 삶이야말로 가톨릭농민회의 창립정신에 어긋남이 없었다는 것을 알게 되었다. 땅을 살리는 농사를 짓고, 이웃과 함께 마을 공동체를 가꾸었던 백남기 임마누엘의 삶을 배우는 일이 이 투쟁이 남겨준 귀한 선물이라고 손영준은 말했다. 그렇다면, 백남기가 꿈꾸고 실천하려던 가톨릭농민회의 목표를 다시 확인하고 세우는 일은 남겨진 자들의 몫으로 남은 셈이다.

가톨릭농민회 창립 50주년은 뜻하지 않게 백남기 임마누엘을 중심으로 기념되었다. 그를 위해 기도하기 위해 사람들이 모였고, 그 만남을 통해 가톨릭농민회 회원 백남기 임마누엘에 대한 이야기를 듣고 나누었다. 회원들은 가톨릭농민회 회원으로서 어떻게 살아야 하는지를 고민했다. 특히, 실무에 치여 운동가가 아니라 일꾼으로만 살아가고 있지 않은지에 관한 고민이 깊었던 이들이 많은 생각을 하게 되었다. 백남기 농민이 보여준 삶의 표본은 가톨릭농민회가 앞으로 어떤 운동을 구현해가야 할 것인지를 생각하게 만든 소중한 기회였다.

"우리가 만들려고 해도 만들 수 없는 기회였지요. 일 년 내내 가농 회원들은 백남기 임마누엘의 회생 기도를 올리며 보냈어요. 조직으로 보면 가톨릭농민회에 너무 귀한 기회를 주신 거지만, 백남기 회장님이 결국 선종하시고 말아서……."

그 귀한 기회를 얻은 것이 한 사람의 목숨을 대가로 한 일이어서, 이 투쟁을 총괄하던 손영준은 끝내 말을 맺지 못했다. 아직도 상복을 벗지 못한 복인의 마음이다.

손영준은 여전히 꽉 막힌 느낌 속에 머물러 있다고 했다. 가톨릭농민회의 오랜 역사에서 크게 기록될 시기에 총괄 실무자로 일했다. 그러나 정작 일을 내려놓고 농촌으로 돌아가려는 지금, 가톨릭농민회 평회원으로 어떻게 살아야 잘 사는 것인지 막막하다고 했다. 백남기 농민의 삶을 통해서 많은 것을 깨달았지만, 과연 그렇게 살 수 있을지에 대한 고민이 보태졌기 때문이다.

여성 농민의 길, 전여농 김정렬

박경숙이 백남기 농민의 아내이기 전에 여성 농민임을 인식한 이는, 같은 위치에서 살아가는 여성 농민들이었다. 백남기 농민의 정신과 삶을 복원하고 이에 감화를 받을 때에도, 거기서 박경숙을 분리해낼 수 없음을 먼저 알아본 이도 여성 농민들이었다. 세상은 이를 내조라고 하지만 그렇게 쉽게 말할 수는 없다. 그저 남편을 따른 게 아니라 박경숙 자신이 생명공동체운동이자 농민운동을 해온 것이기 때문이다. 백남기 농민이 쓰러지고 죽음에 이를 때까지만이 아니라 진상 규명과 가해자 처벌이 이뤄질 때까지, 앞으로 지어야 할 농사까지, 박경숙이라는 여성 농민의 투쟁은 여전히 진행 중이다.

전여농의 김정열은 이렇게 말한다. "백남기 어르신이 살아온 이야기를 들어보면 정말 너무 훌륭한 농민운동가의 삶이었고 후배로서 배울 것이 참 많아요. 그런데 분명 박경숙 사모님이 함께 해왔기 때문에 가능한 것이지요. 두 명의 훌륭한 농민운동가를 만난 거예요."

사회는 물론 운동 진영에서조차도 여성에게는 돌봄과 살림이라는 고정된 성역할을 요구한다. 농촌 마을에서 마을 행사가 벌어지면 '부녀회'의 이름으로 음식 준비와 설거지를 맡는 일이 너무도 자연스러워, 하는 사람도 맡기는 사람도 문제의식이 없을 때가 많다.

투쟁 현장에서도 마찬가지다. 사람들이 모여서 먹는 일을 어떻게 해결할 것인지는 실존의 문제이지만, 그 일들은 눈에 잘 들어오지 않는다. 때문에 오랫동안 여성이 담당하는 것으로 암묵적으로 강요돼왔다. 그렇다면 백남기 농민 투쟁 과정에서는 이 문제를 넘어섰을까? 충분하지는 않았다. 누가 음식을 담당하느냐는 당번

정하기의 문제가 아니다. 먹고 치우는 문제를 투쟁 과정에서 중요한 의제로 삼아본 적이 없다는 것이 진짜 문제일 것이다. 이번만큼은 음식 담당을 맡지 말아야지 하다가도, 결국 많은 사람을 먹여본 일도 여성 농민들만 해본 것이어서 결국 끼니의 해결사 역할을 떠맡곤 한다.

'결국' 음식 담당을 맡게 된 것은 분명 한국 사회운동, 그리고 농민운동의 명백한 한계다. 먹는 일은 언제나 중요한 일이다. 하지만 투쟁 현장에서는 이 일이 중심이라기보다는 그저 투쟁을 굴러가게 만드는 요소의 하나로 취급된다. 투쟁 현장이 유지되려면 당연히 식사가 해결되어야 한다. 그러나 이 일을 누가 맡고 어떻게 분담할지는 부수적인 일로 다뤄지곤 한다. 투쟁 현장이나 운동의 장에서는 먹는 일을 하찮게 여기는 분위기도 있다. 대충 때우면 된다고 생각한다. 이런 생각은 사실 음식을 제공하는 사람들의 역할을 대수롭지 않게 여기는 것과 닿아 있다. 문제는 그 일을 주로 여성이 맡아왔다는 점이다. 백남기 농민이 평생 농민운동에 헌신할 수 있었던 바탕에는 박경숙의 밥이 있었다. 농민운동 동료들이 언제 들이닥쳐도 밥과 국을 끓여냈기 때문이다.

농업은 먹거리를 생산하는 산업이고, 이를 수행하는 주체가 농민이다. 하지만 음식의 밑바탕인 농산물은 남녀 농민이 함께 생산해도, 생산된 농산물로 밥과 반찬을 만드는 구체적인 조리 행위는 대개 여성 농민만 감당한다.

여성농민회의 열성적인 회원들조차 자기 마을에서는 '새댁'이거나 '○○댁'일 뿐이다. 농촌의 보수성에 더해 친인척 관계로 묶여 있기도 하고, 워낙 고령의 노인이 많다 보니 노동력을 제공할 수 있는 이가 여성 농민밖에 없기도 하다. 이 한계를 어떻게 넘어설지가 여성 농민운동의 과제로 여전히 남아 있다. 전 세계 농민과의 국제연대를 담당하는 김정열은, 마을에서는 '바깥일'을 많이 하는 사람으로 알려져 있다. 마을에서 만나는 어른들은 '바깥양반'(김정열의 남편)이 고생스러워 보인다며 한마디씩 보탠다. 김정열의 경우 남편도 함께 농민운동을 해왔기 때문에 소위 '외조'가 가능한 것이지만, 흔한 경우는 아니다.

김정열은 백남기 농민이 운명한 직후 장례식장에서 열렸던 첫 번째 부검 반대 규탄 집회의 사회자였다. 전여농은 백남기 농민 투쟁에서 가장 강력한 동력이었다. 백남기 농민 장례식장에서 전여농 회원들은 경찰의 시신 탈취를 막으려 서울대병원 주차장 입구에 박스를 깔고 누워 몇 날 밤을 지새웠다. 지켜야 할 사람은 백남기 농민뿐만 아니라 박경숙이라는 여성 농민이기도 했다. 2016년 1월에는 차디찬 광화문 아스팔트 바닥에서 일천 배를 올렸고, 폭염이 휩쓸던 8월에는 백남기 청문회 수용을 요구하며 새누리당 당사 앞에서 일주일간 단식 농성을 진행했다.

전여농은 1993년 5월 16일 벨기에서 출범한 국제농민운동조직 비아캄페시나의 회원단체다. '비아캄페시나(LA VIA CAMPESINA)'는 '농민의 길'이라는 뜻의 스페인어다. 당시 우루과이라운드로 대표되는 신자유주의 농정으로 선진국, 후진국 상관없이 전 세계 농민 모두가 고통받는다는 인식으로 출발한, 소농·중농·무토지 농민·농촌 여성·원주민·농촌 청년·농업노동자들의 국제 연대 조직이다. 특히 국경을 넘나들며 토지와 종자를 갈취하는 초국적 기업에 맞서, 가족농이 자신들이 채종한 씨앗으로 농사를 지어 식량을 생산할 수 있는 식량주권을 지키는 일을 가장 중요한 운동 목표로 삼고 있다. 글로벌 자본에 대한 저항은 일국 단위나 농민운동에 갇혀서 해낼 수 있는 일이 아니기 때문에 인권운동, 여성운동, 환경운동과도 적극적으로 연대해 세계화 문제에 함께 대응하려 한다. 현재 82개 국의 182개 농민조직이 가입해 있고 회원은 2억 명에 달하는데, 한국에서는 전농과 전여농이 2004년부터 가입해 활동하고 있다. 김정열은 전여농 소속 여성 농민이면서 비아캄페시나 동아시아 국제조정위원(ICC)을 맡고 있다. 젠더 평등에 대한 지향이 강한 비아캄페시나 운동이기에 여성 농민들의 활약이 두드러진다.

김정열은 비아캄페시나 운동을 하면서 제3세계 농민운동가들이 총에 맞아 죽었다라거나 암살을 당했다는 이야기를 종종 듣는다. 선진국이든 후진국이든 농민은 가장 약자에 속하고 여성 농민의 위치는 더욱 취약하다. 국가폭력이 자행될 때 가장 야만적인 폭력의 희생자가 될 수밖에 없는 위치인 것이다. 그나마 국가폭력을 제어하는 것이 그 사회의 민주주의 수준, 소위 시민권이다. 그런데 백남기 농민의 죽음으로 한국 사회의 민주주의 수준, 한국 국민이 갖고 있는 시민권의 한계가 폭로되었다. 전여농의 투쟁 목표도 뚜렷해졌다. 모든 폭력에 맞서 시민의 기본권과 인권을 신장시키는 운동이 여성 농민운동의 중요한 목표라는 것도 분명히 했다. 김정열은 국가폭력에 대한 정부의 인식을 이렇게 진단했다.

"시민의 권리를 제한하는 일을 두려워해야 하는데,
국가의 목적을 위해서는 폭력이 허용돼도 된다는 그 의식이 무서운 겁니다."
전여농 전 사무총장 김정열.

"물대포를 쏘는 것에 대해 일말의 가책도 느끼지 못했을 겁니다. 그냥 진압해야 하는 시위꾼이라고 생각했을 것이고, 지금도 자신들이 뭘 잘못했는지 모를 거예요. 시민의 권리를 제한하는 일을 두려워해야 하는데, 국가의 목적을 위해서는 폭력이 허용돼도 된다는 그 의식이 무서운 겁니다."

그는 농촌 여성으로, 또 여성 농민으로 살면서 성적 위계에 의한 폭력도 많이 보았다. '맞을 일을 해서 맞는다'라는 의식은 농촌만 아니라 우리 사회 전반에 팽배해 있다. 한국 사회가 이런 폭력에 관대한 데다 이명박·박근혜 정권 들어서 공권력을 너무 쉽게 휘두르는 것이 용인되면서, 시민들마저 공권력이 개인의 자유와 권리를 제한하는 것을 당연시하게 되었다. 김정열은 이런 의식을 깨는 것이 중요하다고 강조했다.

'우리가 백남기다'라는 구호는, 오늘은 백남기 농민이 국가폭력에 희생되었지만 시스템을 바꾸지 않으면 누구나 국가폭력에 짓밟힐 수 있다는 뜻을 담고 있다. 정권은 바꾸었지만 이 폭력의 시스템과 문화를 완전히 바꾸어내지는 못했으므로, 여성 농민들에게는 아직도 이 싸움이 끝나지 않은 것이다.

김정열에게 백남기 농민과 함께한 시간은 어떤 의미였을까. 슬픈 일이었지만, 그 과정을 겪고 치러내면서 앞으로 어떻게 살아갈 것인지에 대한 고민이 깊어졌다고 말했다. 재미없고 뻔한 말일 수도 있다. 하지만 그 고민 끝에 나온 해답은 논에 더 자주 나가고 밭에 더 오래 머무르는 제대로 된 농사꾼이 되겠다는 결심이다. 농사꾼으로서 아직 부끄럽기 때문에 더 열심히 농사를 짓고 제대로

눈물로 씨 뿌리면 저들, 환호하며 거두리라

된 농사꾼이 되어야만 자신이 하는 여성 농민운동도 당당할 수 있을 것이라며.

고향에서 다시 시작할 작고도 큰 농민운동, 전농 김영호

전농 의장에서 퇴임하면서, 김영호는 페이스북에 퇴임인사를 올렸다. 그때 댓글 하나를 읽고 그는 끝내 눈물을 흘리고 말았다. "우리 가족을 지켜주셔서 고맙습니다"라는 백민주화의 글이었다.

"백남기 농민 가족 보기가 두려웠어요. 진짜 두려웠어요. 남편이, 아버지가 다쳐서 돌아가시게 생겼는데 '데모쟁이'들이 몰려온 거잖아요. 가족들이 흔들리지 않고 단단하게 버텨주셨으니 그래도 역사의 물줄기를 바꿀 수 있었던 거죠. 그래서 민주화 씨의 그 한마디가 너무 고맙고 마음 아팠어요. 우리가 가족을 지켜드린 것이 없는데……."

전국농민회총연맹 의장으로 2014년부터 4년 동안 전농을 이끌었던 김영호는 2018년 2월 충남 예산으로 내려갔다. 예산은 그의 고향이자 농민운동을 시작한 곳이다. 김영호는 한국 농민운동의 소위 '정코스'를 밟은 사람이다. 1980년대 가톨릭농민회에 입회에 농민운동을 시작해 1990년 전국농민회총연맹 창립에 앞장섰다. 예산군농민회 회장과 충남도연맹 의장을 거쳐 전농 의장을 지냈다. 그리고 그의 표현을 빌리자면, '백남기 농민 투쟁'에 함께해서 '역사의 물줄기'를 바꾸는 데 조금이라도 힘을 보탠 후 퇴임했다.

김영호는 흔들림 없이 백남기 농민 투쟁의 상두꾼을 자처하며 싸움을 이끌었다. 그러면서, 단 한 번도 자신이 속한 전농이라는 조직의 공을 내세우는 말을 하지 않았다. 오로지 함께해준 사람들 '덕분에' 싸울 수 있었고, 그 시간에 함께한 것만으로도 영광이었다는 말을 되풀이했다.

　　예산으로 찾아가 김영호를 만난 것은 그가 전농 의장에서 퇴임하고 귀향한 지 보름 정도가 지난 뒤였다. 그는 다른 말을 하기에 앞서 자신이 농사짓고 있는 파프리카 농장을 보여주며 파프리카의 생장 과정을 자세히 설명해주었다. 1997년 여섯 명이 공동출자해 만든 농업법인이어서 이름이 '육인농장'인데, 6,500평 규모의 유리온실에서 파프리카를 길러 일본에 수출도 하고 전자상거래 도입도 일찍 했다. 파프리카 선도 농가라 견학을 많이 오는 곳이기도 하다.

　　김영호, 그러나 파프리카 농사의 환경·생태적 한계에 대한 고민이 깊다. 열대지역이 원산지인 파프리카는 냉해에 취약한 작물이다. 그래서 온실재배가 필수다. 연중 25도를 유지하려면 겨울엔 난방을 해야 한다. 에너지가 많이 드는 작물이라는 뜻이다. 바이러스에도 취약한 편이어서 흙에 바로 심는 토경 재배보다는 수경 재배 혹은 양액 재배로 알려진 포트 재배를 주로 한다. 포트(화분)에 인공배양토를 넣고 양분을 녹인 배양액을 계속 공급하면서 기르는 것이다. 흙과 물의 순환을 이루지 못하고 최대한 자연을 통제해야 하므로 친환경 농업과 거리가 멀다는 설명이었다. 그래서 악조건 속에서 비 맞고 햇빛 받으며 친환경 농업을 수행하는 농민들에게 존경과 죄스러운 마음을 함께 갖고 있다고 했다.

벼농사를 주로 짓는 농민이 아닌 김영호가 쌀값 투쟁을 중시하는 것은 그가 전농 의장이었기 때문만은 아니다. 쌀값이 보장되지 않으면, 농민들은 돈이 되는 작물을 찾아 시설 재배에 눈을 돌릴 수밖에 없다. 너도나도 돈을 들여 온실을 짓고 비닐하우스를 지어 특용작물 재배에 진입하는 것이다. 그 결과는 농산물 값의 동반하락이다. 근래 쌀농사로 생계유지가 어려워지자 최대 쌀 생산지인 호남평야 일대에 딸기 재배가 늘어났다. 이 여파는 경기 북부의 딸기 농가에 타격을 준다. 경기도는 전라도보다 농지 값도 비싼 데다 날씨가 추워서 에너지도 더 들기 때문에 전라도의 딸기와 가격 경쟁이 되지 않는다. 쌀값 하락의 피해를 전라도의 쌀 재배 농가만이 아니라 경기도의 딸기 재배 농사도 입는 것이다.

"처음 이 마을에 대형 시설은 여기 농장뿐이었어요. (농장 주변의 논을 가리키며) 그런데 저길 보세요. 논 위에 비닐하우스가 해마다 올라와요. 저렇게 시설 재배가 늘어나고 무언가를 길러도 결국 전국적으로 다 늘어나니 가격은 떨어지죠. 폭락의 악순환이에요. 몇 년 뒤에는 다시 시설을 보수해야 하니 남는 것이 없어요. 시설 업자와 자본만 돈을 버는 거죠. 시설 걷어내고 그 자리를 논으로 다시 바꾸는 일은 불가능해요."

이에 더해, 시설 재배는 생태적인 한계도 뚜렷한 일이다. 시설 재배를 하면 바람과 햇빛과 물의 순환이 깨지고 무엇보다 폐부자재의 문제가 남는다. 시설 재배에 필수적인 비닐은 농촌 환경을 오염시키는 주범이기도 하다. 이런 악순환의 고리를 끊는 것이 농

"가격 폭락의 악순환, 환경오염의 악순환, 이런 악순환의 고리를 끊는 것이
농민운동의 중요한 목표이고, 농민 김영호의 목표이기도 합니다."
전농 전 의장 김영호.

민운동의 중요한 목표이고, 농민 김영호의 목표이기도 하다. 예전에 비해 값이 많이 떨어지긴 했지만 그래도 여전히 환금성이 좋은 작물이 파프리카다. 파프리카 재배의 선도 농가이니 그대로 자리를 잡아 다른 농민들의 현실에 눈감고 일신의 영달을 도모하면 그뿐일 수도 있다. 하지만 그는 끝내 눈을 감지 않았고, 농촌 현실을 외면하지 못했다. 농촌을 지키고 농민들의 형편이 조금이라도 나아질 수 있도록 농민운동가의 삶을 포기하지 않았다.

한국 농업의 근간은 쌀농사다. 그리고 농민운동의 중심 의제는 '쌀'이다. 이는 우리 밥상의 중심이 쌀밥이어서가 아니라 농촌을 지키는 근간이 쌀농사이기 때문이다. 고령의 농민이 평생 지어온 농사가 쌀농사이고 가장 잘 지을 수 있는 농사도 벼농사다. 돈이 될 만한 고소득 작물로 전작하는 것이 고령 농민들에게는 어려운 일이다. 쌀농사를 짓지 말라는 이야기는 결국 농사를 포기하라는 말과 같다.

또한 논은 인공습지이기도 해서 공기정화와 홍수조절 기능도 매우 뛰어나다. 들판에 비닐하우스가 채워지는 풍경보다는 여름엔 푸르게 넘실거리고 가을이 오면 황금 들판으로 채워지는 풍경을 싫어할 사람은 없다. 사람들에게 행복한 계절감을 주는 것만으로도 논의 공익적 기능이 있다. 여기에, 남북한 공통으로 '밥'을 먹는다. 이는 공통 정체성이기도 하다. 지금은 쌀이 남아돈다고 여길 수도 있지만 통일에도 대비하자는 것이 농민운동의 중요한 목표다. 통일이 되면 남한의 논농사로 북녘 동포들의 밥도 책임져야 한다는 마음이 깃들어 있다.

그래서 김영호는 농장 인근에 조성한 '통일 논'에서 해마다 동료들과 함께 통일 모내기와 추수를 한다. 전국농민회총연맹 산하의 시군 농민회마다 한두 마지기 정도의 공동 경작지를 '통일 논'으로 삼아 통일 쌀농사를 짓는다. 해마다 '통일 쌀 손 모내기' 행사도 연다. '예산군농민회 통일 논'은 김영호의 파프리카 농장 바로 옆에 자리 잡고 있다. 2003년부터 통일 쌀농사를 지어 북녘 동포들에게 보냈다. 하지만 이명박·박근혜 정부가 들어서면서 통일 쌀은 북녘에 올라가지 못하고 있다. 그러나 전농 회원들은 수확한 통일 쌀을 북한에 보낼 수 없을 때에도 계속 쌀농사를 지었다.

전농 의장까지 지낸 이로서 동료들에게, 또 후배들에게 당부할 말이 없지 않을 터. 그런데 그의 당부는 뜻밖이었다. 건강을 잘 챙겨야 한다는 말이었기 때문이다. 이는 '데모쟁이'이자 '운동권' 동료와 후배에 대한 호소처럼 느껴졌다. 그 자신도 고향에서 규칙적인 생활을 하며 건강을 챙기기 위해 노력하고 있다는 결심을 들려주었다. 처음의 마음으로 다시 시작하기 위해서라고 했다. 얼마 뒤, 김영호가 농민회의 가장 작은 단위인 예산군농민회 예산읍 지회장을 맡았다는 소식을 전해왔다.

백남기 농민의 마지막 밀농사

밀과 보리는 대표적인 하곡(夏穀)이다. 어릴 때 많이 부르던 동요 중에서 〈밀과 보리가 자라네〉가 있다. 이 노래에 나오듯이 여름 들판을 채우는 귀한 곡물이다. 밀은 가을에 파종해 추운 겨울을 견딘 후 봄에 다시 성장해 초여름에 수확한다. 보통 10월 중순에서 11월 중순까지가 파종 기간이다. 전남 보성은 아랫녘이므로 11월 초중순에 밀 씨앗을 뿌린다. 이를 추파(秋播)라고 한다. 2015년 11월에 백남기 농민이 밀 씨앗을 뿌리고 서울로 올라갔다. 그리고 꼭 1년 뒤 2016년 11월에 그의 영정이 마지막으로 들른 곳도 자신의 밀밭이었다.

한 해 밀농사는 씨앗 고르기부터 시작한다. 아마 2015년 6월에 백남기, 박경숙 부부는 가장 실하고 여문 밀알을 따로 쟁였을 것이다. 신기하게도, 6월에 수확한 밀을 바로 땅에 심으면 싹이 나지 않는다고 한다. 반드시 거쳐야 것이 석 달 정도의 숨 고르기다. 이 기간을 확보하지 않고 바로 심으면 키만 쑥쑥 자랄 뿐 이삭을 맺지 못한다. 겨울 밀은 추운 겨울을 견뎌낼 수 있는 힘을 이 석 달

동안의 휴면기를 통해 얻는다. 이 기간 동안 들끓는 에너지를 스스로 정돈하고 차분해진다. 이 시간을 거쳐야만 비로소 싹을 틔울 수 있는 종자의 자격을 얻는다.

사람도 마찬가지일 것이다. 주체할 수 없는 혈기만으로는 웃자라기만 할 뿐, 정작 열매를 맺지 못하니 말이다. 백남기 농민은 오래도록 고향에서 차분한 시간을 보내다 한 번 결심하고 서울로 올라왔다. 그 시간이 지금을 이끌었다고 믿는다.

2018년 1월 3일 보성에 들러 백남기 농민의 밀밭을 보았다. 백남기 농민의 정신을 이어가자는 뜻으로, 백남기 농민이 생전에 마지막으로 파종한 밀알로 동료들이 밀농사를 이어가고 있었다. 분명 밀 씨앗을 뿌린 땅이라고는 하지만 문외한의 눈으로 보기에는 그저 황량했다. 땅 속의 세계는 전혀 짐작이 가지 않았다. 살았는지 죽었는지 모를 시간 같았다.

밀이 이삭을 맺으려면 혹독한 추위를 견뎌야 한다. 어설픈 추위로는 소출을 많이 내지 못한다. 겨울 밀밭은 겨울잠에 빠진 듯 혼곤해 보였지만 한 알의 밀알은 흙 속에서 엄청난 에너지를 써가며 뿌리를 뻗고 있는 중이다. 작은 밀알들이 어렵사리 뿌리를 내면 흙에도 틈이 생긴다. 이 틈을 그대로 두면 그 사이로 냉기가 들어차 뿌리가 얼어버린다. 그래서 반드시 밀 밟기를 해주어야 한다. 밀 밟기는 더 많은 수확을 위해서도 필요하다. 밀을 밟아주는 동안 밀 싹이 부러진다. 그렇게 생긴 상처에서 여러 개의 새로운 줄기가 뻗어 나온다. 한 알의 밀알이 한 알만 맺는 데에서 멈춘다면 세계는 확장되지 못한다. 상처 속에서 성장과 확장의 계기를 마련

한다.

가을걷이를 마치고 쉴 틈도 없이 백중밀 파종을 한 뒤, 백남기 농민은 서울로 올라갔다. 추수와 파종의 맞물림 속에서 평생을 살았던 이다. 하지만 백남기 농민의 마지막 농사는 씨앗을 뿌리는 일에서 멈추었다. 추수는 끝내 다른 이의 몫으로 남겨두고 말이다. 이웃에게 모든 것을 내주고도 더 내줄 것을 찾던 백남기 농민의 성정이 그가 짓던 밀농사와 많이 닮았다. 그는 밀농사의 교본대로 살다 떠났다. 서두르지 않고 들뜨지 않되 시련을 성장의 계기로 삼았다. 그리고 자신이 뿌린 씨앗이니 자신의 몫이어야 한다고도 여기지 않았던 삶이었다. 뿌리는 자와 거두는 자가 같지 않아도 개의치 않았다.

2015년 11월에 백남기 농민이 심고 떠난 밀을 이듬해 6월에 박경숙 농민과 그의 동료들이 거두었다. 소출이 예년보다 많이 줄었다. 밀밭의 주인이 서울에서 사투를 벌이는 동안 혼자서 자라느라 그랬을 것이다. 하지만 돌이켜보니 밀 씨앗이 긴 겨울을 견디는 동안 백남기 농민 자신이 씨앗이 되어 싹을 틔웠다. 그러고는 끝내 우리에게 밀알들을 쥐여주고 떠났다. 이제 밀알을 다시 뿌릴 시간이 왔다.

부록 1

백남기 농민 투쟁 일지

- 11월
  14일   백남기 농민, '제1차 민중총궐기대회'에서 물대포 맞고 쓰러져, 뇌출혈 수술
  16일   '백남기 농민 살인진압 규탄! 강신명 경찰청장 파면 구속!' 농민 기자회견
  16일   구은수 서울청장 "경찰 살수 전반적으로 문제없었다."
  17일   민중총궐기 투쟁본부, 서울대병원 앞 무기한 단체농성 돌입
  17일   백남기 농민 가족, 백남기 농민을 '썰매'에 비유한 일베 회원 모욕죄 고소
  18일   백남기 농민 가족, 강신명 경찰청장·구은수 서울청장 등 7명 살인미수
         혐의로 고발
  18일   가족과 민변, '경찰 물대포 사용 위헌' 헌법소원 제기
  21일   '살인진압 경찰청장 파면 촉구, 백남기 농민 쾌유 기원' 시민대회
  24일   '생명과 평화의 일꾼 백남기 농민의 쾌유와 국가폭력 규탄 범국민대책
         위원회' 발족

- 12월
  1일   교황께 보내는 공개서한 전달식
  2일   (~4일) '백남기 농민 쾌유 기원과 국가폭력 규탄' 시민 일만 배(拜)
  3일   민변, '물대포 직사' 살수차 동영상 증거보전 신청
  3일   민중총궐기 국가폭력 조사단 출범
  5일   제2차 민중총궐기대회에 5만 명 운집(백남기 농민 쾌유 기원, 국가폭력 규탄
         범국민대회)
  10일   법원, 살수차의 촬영 동영상 증거보전 신청 인용
  11일   검찰, 제1차 민중총궐기대회 참가자 6명 구속 기소

17일   '백남기 농민에 대한 경찰폭력사건 수사 촉구와 공안탄압 중지 요구' 기자
      회견
19일   제3차 민중총궐기대회
28일   박근혜 정부의 폭력을 고발하는 전국 동시다발 시국미사

2016년   ....

• 1월
11일   '경찰 과잉수사 사례 발표' 당사자 증언(민중총궐기 국가폭력 조사단)
14일   국가폭력 책임자 처벌과 대통령 사과 촉구 기자회견
20일   용산 참사 유가족과의 간담회
29일   유엔 인권특보 "한국 집회·결사의 자유 침해당해"

• 2월
11일   (~27일) '국가폭력 책임자 처벌과 민주주의 회복'을 위한 도보순례(보성~서울)
27일   제4차 민중총궐기대회

• 3월
22일   살인폭력진압 국가손해배상 청구 기자회견
22일   (~29일) 백남기 농민 국가폭력사건 검찰 수사 촉구와 사과 촉구 항의행동

• 5월
14일   생명과 평화의 밀밭 걷기(보성 백남기 농민 밀밭 일대)
17일   '오월광주, 기억을 잇다 평화를 품다' 2016년 민주대행진
30일   대책위, 백남기 농민 사건의 책임자 처벌과 함께 청문회 개최 요구
31일   백남기 농민 국가폭력사건 발생 200일, 야3당 국회청문회 촉구 기자회견

• 6월
13일   검찰, 제1차 민중총궐기 집회 주도 혐의(특수공무집행방해치상 및
      특수공용물건손상) 등으로 민주노총 한상균(54) 위원장에게 징역 8년 구형
16일   유엔 특별보고관 "한국 정부 물대포, 차벽 정당화 어려워"
29일   강신명 경찰청장 "백남기 농민 쓰러진 것 TV 보고 알았다"

- 7월
  - 4일   서울중앙지법 형사합의30부(부장판사 심담), 민주노총 한상균
  위원장에게 징역 5년에 벌금 50만 원 선고
  - 14일   백남기 농민 국가폭력사건 발생 8개월, '국회청문회 반대하는
  새누리당 규탄' 백남기 농민 국회청문회 개최 촉구 기자회견

- 8월
  - 4일   청문회 거부하는 새누리당에 항의서한 전달 및 지도부 면담 요청
  - 18일   '새누리당 국회청문회 수용 촉구' 여성 농민 단식농성 돌입 기자회견
  - 18일   (~24일) 새누리당사 앞 단식농성(전여농)
  - 23일   국가폭력 사과 없는 강신명 경찰청장 퇴임 규탄 기자회견
  - 24일   백남기 농민 국가폭력 국회청문회를 위한 14만 청원 서명 전달 기자회견
  - 25일   (~31일) 4.16가족협의회·백남기 대책위, 민주당사 점거 농성
  - 25일   여야, 백남기 농민 청문회 잠정 합의

- 9월
  - 12일   국회 안전행정위원회, 백남기 농민 청문회 실시
  - 25일   오후 2시경 백남기 농민 운명
  - 25일   경찰, 백남기 농민 부검영장 신청
  - 26일   법원, 백남기 농민 부검영장 기각, 진료기록 확보 위한 압수수색영장 발부
  - 27일   경찰, 백남기 농민 부검영장 재신청
  - 28일   법원, '집행방법 제한' 붙인 조건부 영장 발부, 영장 유효기한은 10월 25일
  - 29일   고 백남기 농민 사망 국가폭력 규탄 시국선언
  - 30일   유족, 부검 거부의사 밝히며 검찰에 부검영장 열람·등사 신청

- 10월
  - 3일   서울대병원 "백남기 농민 사망진단서 외압 없어… 병사 맞아" 조사결과 발표
  - 16일   '백남기와 함께' 240시간 국민행동, 시민지킴이단 발족
  - 23일   경찰, 부검영장 1차 강제집행 시도
  - 24일   강제부검 저지를 위한 36시간 집중행동 선포 기자회견
  - 24일   백남기 부검 반대, 특검 도입 오체투지(조계종 사회노동위원회)
  - 24일   신종 쿠데타, 신유신독재 타파를 위한 제49차 천주교 시국기도
  - 25일   경찰, 부검영장 2차 강제집행 시도. 시민들의 저항에 철수. 부검영장 만료
  - 28일   경찰, "백남기 농민 부검영장 재신청 않기로… 유족에 시신 인도"

- 10월
  5일   (~6일) 생명평화일꾼 백남기 농민 장례 엄수(광화문 영결식, 보성, 광주 금남로 노제)
  14일   '우리가 백남기다' 백남기 농민을 기억하는 다이 인(Die-In)
         플래시몹(국제엠네스티)
  17일   '백남기 병사 진단' 백선하 교수 보직 해임

2017년   ···

- 1월
  12일   유족, 박근혜 국정농단 특검에 서창석 서울대병원장을 의료법 위반으로 고발
  13일   유족, 병사 사망진단서 발급 백선하 서울대병원 교수 등 2인을 상대로
         손해배상 소송 제기
- 3월
  23일   백남기 농민 국가폭력 살인사건 500일, 진상 규명 책임자 처벌 촉구
         기자회견
  23일   (~ 4월 25일) 백남기법 입법청원 운동(집시법, 경직법 개정)
- 4월
  25일   백남기 사건 수사 응답 없는 검찰 규탄 기자회견
- 6월
  15일   서울대병원, '병사' 사망진단서를 '외인사'로 정정
  16일   이철성 경찰청장 대국민 사과, 경찰개혁위원회 발족
  26일   유족, 백남기 농민 사망신고 접수
  28일   경찰, 서울지방법원에 청문감사보고서 제출
- 8월
  25일   경찰, 백남기 사건 등 인권침해 사건 진상조사위원회 발족
- 9월
  13일   대책위, 백남기 농민 1주기 추모주간 선포
  19일   이낙연 국무총리, 국무회의에서 정부를 대표해 공식 사과
  23일   백남기 농민 1주기 추모대회

- 10월

  17일   검찰 수사 결과 발표. 강신명 무혐의, 구은수 · 신윤균 · 한석진 · 최윤석
         업무상과실치사 혐의로 불구속 기소

- 11월

  9일   검찰, 의료법 위반으로 고발된 서창석 서울대병원장에 대해 혐의 없음
         불기소 처분. 유족 항고

- 12월

  16일   중앙대학교, 백남기 농민에게 명예학사학위 수여

2018년 ···

- 2월

  13일   법원, 국가損해배상청구 소송에서 피고 대한민국 · 강신명 · 구은수에
         대한 화해권고 결정. 신윤균 · 한석진 · 최윤석은 화해권고에 이의를
         제기하여 3인에 대한 재판 속개.

- 6월

  5일   구은수, 신윤균, 한석진, 최윤석 형사재판 1심 선고. 구은수 무죄, 신윤균
         벌금 1천만 원, 한석진 징역 8월 집행유예 2년, 최윤석 벌금 800만 원

- 8월

  21일   경찰청 인권침해 사건 진상조사위 조사결과 및 권고 발표, '백남기 농민
         경찰 과잉진압으로 사망' 결론. 유가족에 사과, 손배소 취하, 집회시위
         대응 쇄신 등 권고.

- 10월

  24일   서울중앙지법, 신윤균 · 한석진 · 최윤석에 대한 손해배상청구 소송
         조정으로 종결

  26일   서울중앙지법, 백남기 농민 명예훼손으로 기소된 윤서인 · 김세의에
         각각 벌금 700만 원 선고

농민 열사들을 기리며

세세한 기록을 남기지 못한 채 짧은 생몰 연대만으로 그 삶을 짐작해야 하는 농민 열사들이 있다. 가족이나 농민운동 동료들의 기억 속에서만 머무는 고인들의 명단은, 백남기 농민 이전에도 이토록 많은 '백남기들'이 있어왔음을 보여준다. 이는 바뀌지 않은 농촌과 농민의 현실을 그대로 비추는 반사경이다.

유독 눈에 띄는 '불의의 사고'라는 사인은 그 자체가 불의한 농촌의 현실을 그대로 보여준다. 변변한 신호등과 보행로가 없는 곳이 많아 교통사고로 유명을 달리한 농민이 많다. 또한 농기계 사고로 목숨을 잃은 경우도 많다. 부실한 의료체계로 빠른 응급대처를 하지 못해 불의의 죽음으로 이어지거나 병을 키워 손을 써보기도 전에 목숨을 잃는 것이 농촌의 엄연한 현실이다.

그럼에도 그런 농촌을 사랑하고 농민의 이름으로 살고자 했던 이들을 기억하고자 한다. 명예도 이름도 남기려 하지 않았지만, 사랑만은 남긴 이들의 삶과 죽음의 기록이다. 그 이름조차 남기지 못하고 고향 산천에 묻혀 있을 무명의 농민 열사들에게도 추모의 마음을 전한다.

오한섭 (1958~1986)

충남 아산 출생, 아산군 영농후계자 회장
'전경환 소 파동'으로 피해를 입고 농촌경제 파탄 내는
정부의 영농 정책에 항의하여 음독

이재원 (1958~1987)

가톨릭농민회 장흥군 협의회 활동
1987년 대통령선거 투쟁으로 수배생활 중 심장마비로 운명

김길호 (1954~1988)

광주항쟁 참여 후 기독교농민회 활동
1987년, 무안에서 대선무효 투쟁 중 경찰에 집단구타를 당한 후
구타 후유증으로 운명

박경희 (1964~1989)

대학 졸업 후 순창군농민회 활동
여름 농활을 끝내고 단합대회 중 불의의 사고로 운명(익사)

이찬우 (1964~1989)

대학 졸업 후 순창군농민회 활동
여름 농활을 끝내고 단합대회 중 불의의 사고로 운명(익사)

박기상 (1946~1991)

전농 담양군농민회 초대 회장
불의의 교통사고로 운명

김홍환 (1955~1992)

가톨릭농민회 장흥군 협의회 회장, 전농 장흥군농민회 회장
농민회 활동 중 급성심장마비로 운명

김영자 (1944~1993)

가톨릭농촌여성회 초대 회장, 경기 여성농민회 활동
지역운동과 여성 농민운동에 매진하던 중 위암으로 운명

김순복 (1965~1994)

전농 경남도연맹 활동
우루과이라운드 반대 전국농민대회 참가를 위해 상경하던 중
불의의 교통사고로 운명

손구용 (1966~1994)

전농 진양군(진주시)농민회 활동
우루과이라운드 반대 전국농민대회 참가를 위해 상경하던 중
불의의 교통사고로 운명

송창욱 (1961~1995)

전농 고흥군농민회, 전남도연맹 활동
불의의 교통사고로 운명

송종현 (1947~1996)

전농 고흥군농민회 활동
농가부채에 시달리다 스스로 목숨을 끊음

임태주 (1952~1996)

전농 영덕군농민회 활동, 전농 경북도연맹 부의장
불의의 교통사고로 운명

문은희 (1971~1996)

전농 제주도연맹 활동
위암으로 투병 중 운명

유금식

전농 이천군(이천시)농민회 활동
1996년 교통사고로 운명

김홍배 (1963~1997)

전농 부여군농민회 활동
불의의 교통사고로 운명

지용진 (1964~1997)

전국농민운동연합 활동, 전농 영광군농민회, 전농 전남도연맹 활동
영광군농민회 면지회 총회 준비모임을 끝내고 귀가하던 중
교통사고로 운명

최정수

전농 구례군농민회 회장
1997년 산불을 진화하다 사고를 당해 운명

홍관표 (1961~1998)

전농 제주 대정읍농민회 활동
교통사고로 운명

현창석 (1926~1999)

전농 정읍시농민회 초대 회장
폐암 투병 중 운명

김미라 (1975~1999)

전농 제주도연맹 활동
교통사고로 운명

안창규 (1957~2000)

전농 음성군농민회 활동, 전농 충북도연맹 부의장
불의의 사고로 운명

김성원 (1965~2001)

전농 사천군(사천시)농민회, 전농 경남도연맹 활동
소장암 투병 중 운명

이경해 (1947~2003)

전국농어민후계자협의회 회장, 전국농민단체협의회 활동
멕시코 칸쿤에서 열린 WTO 각료회의에서 'WTO가 농민들을 죽인다'라는
문구를 몸에 두르고 할복

이종헌 (1955~2003)

전농 익산시농민회 활동
불의의 사고로 운명

송용근 (1962~2003)

전농 완주군농민회, 전농 전북도연맹 활동
암 투병 중 운명

권종대 (1936~2004)

가톨릭농민회 전국 부회장, 전국농민회총연맹 초대 의장
암 투병 중 운명

오영환 (1967~2004)

전농 진주시농민회 활동
농민대회를 준비하던 중 불의의 사고로 운명

강호재 (1979~2004)

전농 고창군농민회 활동
불의의 사고로 운명

하신호 (1932~2005)

전농 김제시농민회 활동
2005년 11월 전국농민대회에 참석하고 귀가하여 급작스럽게 운명

홍덕표 (1937~2005)

우루과이라운드 저지투쟁 이후 각종 농민회 활동에 적극 참여
2005년 전국농민대회에서 경찰의 방패와 곤봉에 가격당해 33일간의 투병 끝에 운명

전용철 (1960~2005)

철도청에서 근무하다 고향인 보령으로 귀농, 전농 보령시농민회 활동
2005년 전국농민대회에서 경찰에 폭행당해 9일간의 투병 끝에 운명

오추옥 (1965~2005)

구미공단 노동자, 해고 후 경북 성주로 귀농, 성주군 여성농민회 활동
암담한 농촌현실과 정부의 쌀농정책에 분개하여 "쌀 개방 안 돼"
"우리 농민 다 죽는다"는 유서를 남기고 음독

고종철 (1966~2005)

전농 제주 안덕면농민회 활동
불의의 사고로 운명

백동훈 (1967~2005)

전농 제주 대정읍농민회 활동
불의의 사고로 운명

정용품 (1967~2005)

전남 담양 출생, 한농연 회원으로 활동
쌀 협상 국회비준안 상정을 앞두고 쌀 수입개방 반대,
정부의 농업정책을 비판하는 유서를 남기고 자결

엄성준 (1970~2005)

숭실대학교 학생운동, 진천군으로 귀농해 전농 진천군농민회 활동
농활 준비로 내려온 대학생들과 마을로 들어가던 중 음주운전 차량에 충돌,
학생들을 살리고 운명.

정영록 (1973~2005)

건국대학교에서 학생운동, 고향인 구례로 귀농해 전농 구례군농민회 활동
농민회 일정을 마치고 귀가하던 중 불의의 교통사고로 운명

이주영 (1966~2006)

전농 영천시농민회 활동, 전농 경북도연맹 사무처장
한미FTA 반대 집회에 참석하고 귀가하던 중 불의의 교통사고로 운명

김용민 (1971~2006)

전농 제천시농민회 활동
백혈병으로 투병 중 운명

유원희

전농 청원군(청주시)농민회 활동
2006년 전국농민대회 참가 후 귀가하던 중 교통사고로 운명

문석 (1958~2007)

전농 담양군농민회 활동
불의의 사고로 운명

김정호 (1964~2008)

전농 합천군농민회 활동, 전농 부산경남연맹 사무처장
농민운동에 헌신하던 중 과로로 운명

박용우 (1965~2008)

전농 영주시농민회 활동
불의의 사고로 운명

김병세 (1972~2009)

전농 제주 안덕면농민회, 전농 제주도연맹 활동
하역작업 도중 불의의 사고로 운명

허관행 (1959~2010)

가톨릭농민회 활동, 전농 횡성군농민회 활동, 전농 강원도연맹 부의장
뇌출혈로 투병 중 운명

김연식 (1960~2010)

전농 보성군농민회 활동
위암으로 투병 중 운명

정광훈 (1939~2011)

기독교농민회 활동, 전농 의장
화순에서 지방선거 유세를 돕고 귀가하던 중 불의의 교통사고로 운명

남궁종순 (1958~2012)

전농 홍천군농민회 활동, 전농 강원도연맹 부의장
암 투병 중 운명

이동근 (1963~2012)

전농 거창군농민회 활동, 전농 부산경남연맹 부의장
불의의 사고로 운명

이수금 (1941~2014)

가톨릭농민회 전국회장, 전농 의장
단식투쟁 후유증으로 인한 건강 악화로 운명

윤정석 (1938~2016)

가톨릭농민회 대구교구 회장, 전농 의장
투병 중 운명

홍번 (1942~2018)

전농 광주·전남연맹 의장, 전농 부의장
투병 중 운명

최진국 (1958~2018)

전농 성주군농민회 활동, 전농 정책위원장
후두암 투병 중 운명

백남기 농민 투쟁과 함께해주신 분들

백남기 농민 대책위-투쟁본부에 물심양면으로 큰 도움을 주신 분들께 감사드립니다.

- 백남기 농민과 평생을 함께한 가농 동지회 선배님들
- 농성장과 집회 현장, 장례식장에 늘 함께해주시며 큰 힘이 되어주신 통일문제연구소 백기완 선생님, 채원희 님
- 사건 발생 초기에 농성장을 찾아 가족을 위로하고 의지가 되어준 이한열 열사 어머니 배은심 여사, 박승희 열사 부모님, 노수석 열사 가족들을 비롯한 유가협 회원들
- 민중총궐기 국가폭력조사단과 백남기법 입법 운동을 함께하며 진상 규명과 재발 방지 대책 수립에 큰 역할을 해준 최은아, 박진, 랑희, 강성준, 아샤, 민선, 변정필, 안세영, 팀 레이니 스미스 님 등 인권 활동가들
- 전 세계에 백남기 농민에 대해 알리고 연대해준 국제단체와 활동가들 : 가톨릭농민회국제연맹(FIMARC), 비아캄페시나, 국제앰네스티 한국지부, 국제식품연맹(IUF) 아태지부와 정옥순 님, 참여연대 백가윤 님, 민주노총 류미경 님
- 한겨울 모진 추위를 견디며 농성장을 지켜준 김영길, 유문철 두 농민과 농성장에서 '종이학 접기'를 제안해주신 이윤진 님
- 생활 공간과 회의 공간을 선뜻 내주셨던 대학생협, 천주교정의구현전국연합, 노들야학, 흥사단
- 노래 공연으로 연대해주신 가수 박준, 류금신, 임경득, 이수진 님과 백남기 농민 대형 인형을 제작해주신 신강규환 돌쌓기극장 대표를 비롯한 문화예술인들
- 민중총궐기대회 준비부터 장례까지 함께 이 투쟁을 책임져주신 노·농·빈 대표 : 한상균, 최종진, 김영호, 강다복, 김순애, 조덕휘, 김현우, 김영표, 박석운 님

- 대책위-투쟁본부 공동집행위원장 : 손영준, 조병옥, 김정열, 박병우, 김은진, 박근용, 유의선, 최인기, 염형철, 김덕진, 이석준, 최동근, 최연, 최병현 님
- 1년간의 투쟁을 도맡아온 대책위-투쟁본부 상황실 활동가 : 안지중, 주제준, 박병우, 한석호, 류봉식, 이종문, 김병규, 김현식, 성상영, 한선범, 최현, 함형재, 김은규, 오인환, 박무웅, 권명숙, 최영준, 송명숙, 곽이경, 박정옥, 박정환, 김한정희, 장우식, 김성욱, 이수정, 김기남, 조항아, 최오수, 나기주, 조진, 박선아, 김재욱, 김현승, 전미숙, 김세진, 박푸른들, 이순일, 권지은, 최은선, 최석환, 이종혁, 정주용, 전재민, 신수미, 김황경산, 권말선, 윤정원, 황재인, 이규랑, 이혜인, 박이랑, 강필준 님
- 농성장 매일미사, 광화문 시국미사, 장례식장 운영 등을 주도적으로 이끈 신부님들과 한국남자수도회 사도생활단 장상협의회, 한국천주교 여자수도회 장상연합회, 가톨릭농민회 우리농촌살리기운동본부 담당 사제단 및 실무자들, 천주교정의구현전국사제단 전제우 국장(2017. 11. 24. 선종)
- 민주노총 공공운수노조 의료연대 서울대병원 분회 현정희, 박경득, 최상덕 (전현직) 분회장과 조합원 동지들
- 민주당 점거 농성과 부검 저지 투쟁에 함께한 4.16가족협의회 유경근, 전명선, 오홍진, 장훈, 전인숙, 권미화 님 등 세월호 가족들과 4.16연대 박래군, 김우, 미류, 배서영, 이희철 님을 비롯한 활동가들
- 사건 발생 초기부터 꾸준히 기록을 남겨준 한국농정신문 한승호·김은경·한우준 기자, 민중의소리, 뉴스타파, 한겨레21, 주간경향, 시사인, SBS 그것이알고싶다, JTBC 강버들 기자, 한겨레 이문영·박수지·고한솔 기자, 미디어오늘 이치열·손가영 기자
- 의료 전문가로 큰 도움을 준 인도주의실천의사협의회 김경일, 우석균, 이보라, 전진한, 이미옥 님, 백남기 농민의 마지막 담당의 권신원 님, 길벗한의사회, 새물약사회(농민약국, 새물약국) 등 보건의료단체
- 민주사회를위한변호사모임 백남기 농민 법률대리인단 이정일, 조영선, 김인숙, 박주민, 송아람, 구정모, 오민애, 오현정, 김수영 님
- 경찰청 인권침해 사건 진상조사위원회 구성부터 함께 대응해온 피해자단체 : 용산참사진상규명위원회, 민주노총 금속노조 쌍용자동차지부, 밀양 765kv송전탑반대 대책위원회, 강정마을 해군기지반대 대책위원회
- 중앙대 민주동문회를 비롯한 전국대학민주동문회 동지들
- 41일간의 장례를 실무적으로 뒷받침해준 김경환 상임이사, 박태호 팀장을 비롯한 한겨레두레협동조합 임직원

2016년 연말, 백남기 농민의 장례까지
마쳤지만 대책위 일로 여전히 고생하던 박선아에게 밥을 한 번 사
기로 했다. 그때 지나가는 말로 백남기 농민 투쟁에 관한 기록 작
업이 진행된다면, 그 일이 내게 올 것 같다고 했다. 박선아는 이날
의 대화를 생뚱맞은 일로 기억하고 있었고, 정작 나는 바쁜 일상
에 휘말려 그런 말을 흘렸던 기억조차 잊고 지냈다. 사람들이 안
부를 물어오면 아직도 치킨 팔고 다니는 중이라는 자조를 섞던 때
였다. 첫 책《대한민국 치킨展》이 나온 뒤 다음 책이 늦어지고 있
어 답답한 상황이었기 때문이다. 그러다 2017년 여름, 백남기 농
민 대책위로부터 투쟁 기록 집필 제안을 받았다.

"소주나 한잔하시죠"라는 말로 대답을 대신했다. 거절도 수락
도 하지 못했다. 죽음을 기록하는 일의 엄중함을 감당할 자신이
없었다. 잘해도 괴롭고 못해도 괴로운 일이 될 테니 말이다. 하지
만 백남기 농민 대책위 활동가들의 고운 열정에 감동받았고, 이들
을 믿었다. 더불어, 백남기 농민 가족들의 단단함을 익히 전해 들

었기 때문에 집필에 나설 용기를 냈다.

　작업을 수락하고, 시중에 나와 있는 평전들과 민주화 운동 관련 기록물, 백남기 농민 투쟁 관련 기록들을 훑어보는 데 반년을 보냈다. 대책위는 집에서 문서만 파다 가끔 술이나 마시러 나오는 내가 퍽 답답했을 것이다. 그렇게라도 유예시키고 싶었던 마음과 미욱함을 이제야 고백하고 대책위에 용서를 구한다. 긴 침잠 끝에 내린 결론은 이 기록이 '백남기 농민'의 이야기에만 머물러서는 안 된다는 것이었다. 이 글은 '백남기들'의 이야기이자, 박경숙 농민의 기록이어야 한다고 확신했다. 하지만 그 의도가 충분히 담겼는지는 자신이 없다. 죽음에 대해 묻는 일은 때로는 책임을 절감하는 이들에게 새로운 상처를 내는 것이기도 했고, 현장에 없었던 나는 영원한 구경꾼일 수밖에 없었다.

　"나를 인터뷰 한다고요?"
　취재 섭외를 하면 모두 의아해했다. 하지만 백남기 농민과 함께한 '작은 사람들'을 찾아서 이야기를 담으려 했다. 이 투쟁이 값진 이유는 이 작은 사람들의 어쩌지 못하는 마음들이 그날 서울대병원에, 거리에, 광주 망월동에 모여 이뤄낸 것이기 때문이다. 그래서 이 책에 담긴 말들은 백남기 농민 투쟁에 마음을 모았던 '우리 모두'의 것이라 여겨주시기를 바라고, 일일이 찾아뵙지 못해 송구하다는 말씀도 남긴다. 더불어 취재에 응해주신 분들께 입은 큰 은혜에 감사드린다.

윤성희 사진작가는 2015년 민중총궐기대회 때부터 개인 작업으로 백남기 농민 투쟁을 기록해왔고, 이 책은 그 중요한 사진 기록들에 기대고 있다. 윤 작가는 백남기 농민 가족을 피해자가 아니라 싸움의 한 주체이자 이 사건의 증언자임을 드러내기 위한 촬영을 진행해왔다. 그리고 가급적 취재원(인터뷰이)들의 생활 현장에서 촬영을 진행했다. 삶은 지속되기 때문이다. 그렇게 만난 이들의 삶은 그 이전보다 한 걸음 더 내디딘 마음으로 살아내는 것이고, 슬퍼하지만은 않는 눈빛을 담아내려는 작업이었음을 윤성희 작가 대신 적어둔다. 따라서 이 책의 부족함과 실수는 오로지 집필자인 정은정의 책임임을 말씀 드린다.

이 작업을 통해 '백남기 농민 투쟁 기록단' 최석환과 박선아, 사진작가 윤성희, 대책위 자원활동가 박이랑, 강필준을 평생 동료이자 동생들로 얻었다. '대장'이다가 '할매'였던 나를 지탱해준 이들이 없었다면 진즉에 무너졌을 것이다. 고맙다는 말로는 너무 부족하지만 사랑한다는 말은 우리의 뚝뚝한 성품상 차마 하지 못하겠다. 그저 이심전심이라 믿는다. 특별히 지난 9월 급작스럽게 부친상을 당한 최석환, 양인경 부부에게 깊은 위로를 보내고 다시 한번 고인의 명복을 빈다.

어려운 상황에서 흔쾌히 출판을 맡아준 도서출판 따비 박성경 대표와 독자 입장에서 냉철하게 질문을 던져주며 흔들리는 필자를 끌고 가느라 고생한 신수진 편집장, 박대성 디자이너께 또 큰 빚을 졌다.

무엇보다 박경숙 사모님의 결기와 넉넉한 품에 기대어 진행해온 일이다. 지면을 통해서라도 감사의 마음을 전한다. 책이 나오면 보성 집에 내려가 직접 전해 드리고 큰절 한 번 올리겠다는 약속도 여기에 남긴다. 그리고 아버지 정길수 님. 두 번째 책을 너무 오래 기다리셨다. 당신의 편애로 이만큼 무너지지 않고 살아왔음을 수줍게 고백한다.

　　관찰자이자 기록자의 입장을 지키느라 따박따박 '백남기 농민'이라고만 불렀으나, 한 번은 '백남기 아버님'이라고 불러보고 싶다. 당신을 통해 만난 이 귀한 인연들과 성실하게 어울려 삶의 일가를 이루겠다는 약속도 올린다. 이 책을 백남기 아버님 영전에 바친다.

2018년 11월
'백남기 농민 투쟁 기록단'을 대표해
정은정

아스팔트 위에 씨앗을 뿌리다

백남기 농민 투쟁 기록

지은이 정은정·윤성희
초판 1쇄 발행 2018년 11월 25일

펴낸곳 도서출판 따비
펴낸이 박성경
편집 신수진, 차소영
디자인 박대성

출판등록 2009년 5월 4일 제2010-000256호
주소 서울시 마포구 월드컵로28길 6(성산동, 3층)
전화 02-326-3897
팩스 02-337-3897
메일 tabibooks@hotmail.com
인쇄·제본 영신사

가톨릭농민회·정은정·윤성희 ⓒ 2018

ISBN 978-89-98439-56-9 03810
값 16,000원

이 도서의 국립중앙도서관 출판예정도서목록(CIP)은 서지정보유통지원시스템 홈페이지
(http://seoji.nl.go.kr)와 국가자료공동목록시스템(http://www.nl.go.kr/kolisnet)에서
이용하실 수 있습니다.(CIP제어번호: CIP2018034608)